ザ・レイン・ストーリーズ

間埜心響

MANO Shion

文芸社

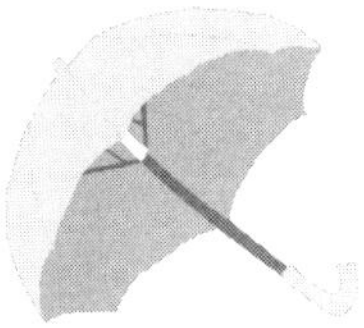

ザ・レイン・ストーリーズ

Contents

Episode 1

通り雨

表通りに出ると、今しがたまで晴れていた空が一面の曇天と化していた。

低く垂れこめた薄墨色の雨雲からは、今にも重たい水滴が落ちてきそうである。

「梅雨入りすると晴れて、梅雨明けした途端に降るのよね。全く天気予報なんて意味があるのかしら?」

七月最後の土曜日、コーヒーとトーストだけの簡単な朝食をとりながらテレビの気象情報に物申す蓉子《ようこ》に、夫が読みかけの新聞から目を離してこう言った。

「気象予報士がせいぜい一週間先の天気しか言わないのは、当たらなかった場合の視聴者からのクレームを回避するためだってさ。今の技術を以てすれば、実際は半年先くらいまで予測できるみたいだぜ」

今朝の夫との短いやり取りを思い出す暇もなく、蓉子の足元に大粒の雨が勢いよく降ってきた。

不規則な水玉模様に彩られた道路が、見る見るうちに鉛色の濁流に覆われた川のような様相になっていく。

「折り畳み傘を持ってくれれば良かった」

蓉子は取り敢えず通りに面した大きな書店の軒先に身を寄せた。

降り方からして一過性の通り雨ではないかと思われる。ついその先にある駅まで走って走れない距離ではなかったが、十メートルも行かないうちにずぶぬれになってしまうことは明らかだった。こんなに降るとは思っていなかったので、オリーブグリーンの麻のワンピース一枚で、もちろん羽織るものは何も持っていない。

仕事の打ち合わせも無事に済んだことだし、夫も夜まで戻らない。

雨が止むまでここで待ち、多少の時間を潰されたとしても、蓉子には何の支障もなかった。

「こりゃあ、ひどい雨だな」

書店の分厚いガラスの自動ドアが開き、男が一人姿を現した。

蓉子は反射的に入り口から離れるように二～三歩右に体を移動させる。

「今日は晴れるって言ってたのになぁ」

思いついたことを何でも口に出さずにはいられない性分なのだろう、横にいる蓉子に聞かせるつもりなのか独り言にしてはやけに明確な口調だ。

声は低いが張りがある。アマチュアのグリークラブにでも所属するバリトン担当のような独特の艶と深みが感じられるなかなかの美声だ。

男の容姿を確かめたい欲求に駆られたが、たとえわずかな隙間でもゆきずりの人間と妙な関わりを持つことは蓉子の美学に反する。

何らかの反応をすればたちまち男との会話が始まるのは予測できたが、ここは聞こえないふりを貫く道を蓉子は選択した。

「ねぇ、今日は降るなんて言ってませんでしたよね？」

蓉子の心を見透かしたかのように、確信犯的な自信を持って今度は男がハッキリと話しかけてきた。

初対面の女に対する馴れ馴れしい言い方には少々引っかかりを覚えるが、むかつくほどではない。男が思いがけず長身のイケメンだったからだ。

蓉子は素早く男の全身を観察する。黒っぽいマウンテンパーカに黒いデニム、中に着た辛子《からし》色のシャツが全身ブラックの装いのほどよいアクセントになっていた。さりげない装いだが、センスは悪くない。

「そうですね」

蓉子は短くそう答えた。

「店の中で待たないんですか？」

男が顔だけ書店の方に指し向けて、蓉子がこんな店先で雨宿りをしている理由《わけ》を無意識に聞き出そうとする。

「本はあまり読まないので。ちょっと通り掛かっただけですから」

今度はありったけの無関心さで突き放すように言ってみる。

元々愛嬌があるタイプではない自分にはそっけない態度がよく似合い、その不愛想さが却って魅力を際立たせてくれることを蓉子は本能的に知っていた。

「そうなんですか。僕はまたここで本を買ったあと、あなたが雨に降られちゃったのかと」

見知らぬ男に「あなた」呼ばわりされる筋合いはなかったが、不思議に不愉快に感じられないのは、突然の雨の中、ほどよい年格好の男と女が本屋の店先で偶然居合わせた、そのシチュエーションの非日常性のためかもしれなかった。

それに……と蓉子は思う。

この人が見るも無残な醜男だったら、私はとっくにこのゲリラ豪雨の中に走りだしていただろう。

蓉子が含み笑いをしたのを、男は見逃さなかったようだ。

「本は読まないという美しい女性と、本を読むのを生業《なりわい》にしている僕とがなんでまた出会っちゃったりしたのかな」

蓉子の小さな笑いを自分に対する好意と受け取ったのだろう、男は勝手に話を一歩進めてきた。こうなったらこの状況にとことん付き合ってみようか。蓉子の気持ちに軽い覚悟のようなものが生まれていた。

大したことじゃないわ、単なる暇潰し……どうせ夫は夜まで帰らないのだし。

「本を読むのがお仕事……とおっしゃいますと、ナレーターか何かをなさっているのかしら？」

提示された謎かけにさも乗った様子をして蓉子が身を傾けるように聞き返すと、男は仕かけた罠に獲物が自ら飛び込んできた時のハンターのような目つきをした。

「すごい、当たりです。僕、声優なんですよ」

「声優さん！　でも、すごいだなんて。まぐれです。それに本を読むお仕事といったら、範囲はかなり狭まるでしょう？　誰だって当たりますよ」

「ははは、確かにそうですね。実は今度、北ノ森《きたのもり》ノマドが出した新刊小説をベースにした朗読劇を深夜番組でやることになって。ラジオですけど」

「北ノ森、ノマド……」

「本を読まないあなたはご存じないかな。今話題のミステリー作家ですよ。タフな探偵や無骨な刑事が出てくる骨太なハードボイルド小説を書く作家なんですが、何とも言えないロマンチックな味付けもあって、夜のFMで流すのにピッタリです」

「そうなんですか。本を読むのは苦手だけど、ラジオなら気軽に聴けるかもしれないわ」

「ちょっと海外ノベルみたいな雰囲気もあるから、旅をする感覚で楽しめると思いますよ。

ぜひ聴いてほしいなぁ」

「海外ノベルというと、たとえばレイモンド・チャンドラーみたいな？」

するると男は意外そうな顔をした。

「へぇ、本を読まないとおっしゃる割には、レイモンド・チャンドラーを知ってるんだ」

蓉子は一呼吸してから、

「全然読まないというわけではないし、レイモンド・チャンドラーの名前くらい誰だって聞いたことあるんじゃないですか？」

男はなおも蓉子の顔をしげしげと見つめる。不躾《ぶしつけ》なほどだ。

「でもちょっと意外です、声優さんだなんて。もちろんお声もとても素敵ですけれど、声だけだなんて何だかもったいないわ。いっそのこと俳優に転向されて、テレビや映画に出ればいいのに」

攻められたら攻め返す。攻撃こそ最大の防御なのだ。

「はは、おっしゃいますね。実は何度も俳優にならないかとお声がけいただいているんですよ。いやこれ、自慢でも何でもないんですが」

「でも？」

「でも、どうもね。自分の何もかもを露出することに躊躇《ため》いがあって」

今度は男が蓉子の罠にかかったようだ。

「声だけならいいんです。聞く側は僕の見た目なんかに関係なく、物語の登場人物を自由自在に想像できる。というのは表向きで、何よりやっている自分自身が楽しくってたまらない。僕は声だけでそれこそ何者にだってなれる。世界制覇する英雄にだって、完全犯罪に手を染める殺人鬼にだって、時にはそうだな、初恋に胸をときめかす中学生にだってなれますよ」

「ええ？　中学生に？」

大袈裟に驚いてみせた蓉子に、男は突然少年のような声色《こわいろ》をつくり、

「今度僕と一緒にディズニーランドに行かない？」

蓉子と男は同時に笑った。

「わぁ、目をつぶって聞いたら本当に中学生の男の子みたい。声には無限の可能性があるのですね」

褒められた相手が気を良くしたのが蓉子にはすぐにわかった。

「今度ラジオでやられるという、その北ノ森なんとかさんという方の小説は……」

「北ノ森ノマド。今日発売されたばかりの新作小説です。事前に台本も渡されるのですが、原作も必ず読んでから現場に臨むのが僕の流儀でして。予約しておいた本を取りに来たところだったのですよ」

そう言いながら、男は手に持った黒いクラッチバッグの中から一冊の真新しいハードカ

バーの本を取り出し、蓉子に見せた。

美しい装丁が施された北ノ森ノマドの新作本からは、これから読もうとする読者をその世界に招き入れるような魅惑的な香りが漂ってくる。

「綺麗……」

蓉子はその艶やかな表紙に見入る。

雨は依然として降り続いていた。

歩道を歩く人々は、軒先で雨宿りしている二人には目もくれず足早に通り過ぎていく。しかし、目をやったとしても、まさか二人がつい五分前に知り合ったばかりの男女には見えなかったかもしれない。

「あのね、北ノ森ノマドって覆面作家なんですよ」

男が新作小説の書き手に話題を集中させてくる。

「覆面作家？」

「ええ。年齢も経歴も本名も全て非公開。もちろん顔出しもしていません」

蓉子はちょっと考える。

「それは珍しいですね。今時の作家さんというと、ワイドショーのコメンテーターとして意見を述べたり、歌番組の審査員になったり、時にはクイズ番組の回答者をされたりもしますでしょう？」

「そうそう、週刊誌で読者の人生相談に乗ったりね。でもノマドはデビュー以来、一切の露出を避けている。彼の書く作品以上にまさに彼の存在そのものがミステリーなんですよ」

「それはなかなか興味深いわ」

蓉子は、今では男の話に本当に関心を抱いている自分を自覚する。

通り雨が止むまでの、ほんの時間潰しに始めた気まぐれな会話だったはずなのだが。

「僕は初め、これは新手の売り出し方法ではないかと思ったんです。特に北ノ森ノマドの場合は推理小説ですから、覆面作家というミステリアスさが作品にさらなる付加価値を与えるのだと」

「つまり、出版社の売らんがための戦略というわけね」

「ええ。一般人でさえ、さまざまなソーシャルネットワークを駆使してこれだけ露出が当たり前になっている時代に、敢えて見せない、晒さないことが逆手のプロモーションになっているのではないかと、ね」

「なるほど」

「で、その次に考えたのが、ノマド本人が露出に耐えるビジュアルではない場合」

「ええっ？」

驚く蓉子に男は得意になって持論を展開する。もう止まらないようだ。

「彼の作品に登場する主人公って、皆すらりと背の高いモデルみたいな探偵や、年配ながらも渋い味わいのあるカッコいい刑事ばかりなんです。凶悪な犯人さえもどこか魅力的な風貌に描いていることが多い。ところが作者のノマド自身は太った中年の冴えないおっさんだったり、髪ボウボウの引きこもりのお兄ちゃんだったり、あとこれはちょっとオフレコですが……」

男は声を潜め、

「身体的に何かしらのハンディキャップがあって、世間に実像を知られたくないのではないかと」

蓉子は車椅子に座った売れっ子作家の姿を想像してみる。

あるいはサングラスをかけてパイプを燻《くゆ》らす盲目の推理作家を。

どちらもありそうなことではあった。

「で、最後に行き着いた僕の結論ですが、実はそのどちらでもなく、単に北ノ森ノマド本人が楽しいからそうしているだけなんじゃないかってこと。この僕と同じように」

蓉子は男の顔をもう一度眺める。声優だけにしておくのはつくづく惜しい。

「要するに素性を隠しておくことで、ノマドはいくらでも自身の作品世界で遊ぶことができる。たとえ普段は平凡な生活を送るごく普通の人間であっても、彼が描く物語の中では自由自在に設定を構築できますからね」

そこは蓉子も賛成だ。想像と創造ほど、この世に自由なものはない。

「そして場合によっては女になることだって可能だ。僕がさっき中学男子になれたようにね」

いつのまにか雨が上がっている。やはり通り雨だったようだ。

晴れて青い色を取り戻した東の空には大きな虹もかかっている。

「女になることも？　それを言うなら男になることも、じゃないかしら」

男が「えっ」と言うように蓉子を見る。

「男になることもって？」

一瞬の沈黙ののち、ようやく男が何かに気がついたようだ。

そしてそれまでの饒舌さを忘れたように、男が初めて蓉子を本当の意味で認めた。

「あなた……もしや、あなたは」

「さっき言ったでしょう？　私、本はあまり読まないって」

呆然と立ち尽くしている男を残し、覆面作家・北ノ森ノマドは鮮やかな後ろ姿を見せて雨上がりの街に歩み去っていった。

Episode 2

雨の日は偏頭痛《へんずつう》

目が覚めると、覚えのある違和感が首の後ろのやや左寄りにどんよりとその存在を主張していた。

南大東島に発生した台風が勢力を増して北上してきていることを考えれば、今朝の頭痛はごく想定内ではある。

もっとも雨の日に頭痛がするのは、何も俺に限ったことではないようだ。

専門家によると、気候の急激な変化や、雨・曇りなど特定の天気の日に何らかの身体的不調をきたすことを「気象病」というらしい。

人は雨の日など気圧が低い状態の中に長時間いると、体内にヒスタミンと呼ばれる物質が盛んに分泌されるという。ヒスタミンは体内に炎症を引き起こす物質で血管を拡張させる作用があり、膨らんだ脳内の血管周辺の神経が刺激された結果頭痛が生じると考えられているそうだ。

ともかく俺はいつものように、行きつけのアンティークショップで手に入れたヴィンテージのキャビネットからアスピリンを二錠取り出し、飲んだ。

そのキャビネットはミッドセンチュリー年代のアメリカの代物らしく、いい感じに褪色した薔薇材の引き出しにアルファベットのレリーフが施されている。

俺にとってはかなりの散財ではあったが、この事務所を借りる際、室内を引き締める象徴的な家具が何か一つ欲しいと真っ先に思ったのだ（頭痛薬はそのキャビネットの「M」の引き出し――薬を英語表記した時の頭文字を思い出してほしい――に入っている）。

俺の故郷は大阪より西、神戸よりもっと西の田舎だ。

実家は畳や障子、天井を渡る梁などの直線の美で構成され、それとは対照的に、枝ぶりが芸術的な曲線を描く松の古木が庭に鎮座するようなこれ以上ないほどの純和風の家なのだが、ここ東京ではそことは全く違う暮らしをしたいという気持ちがあったからだ。


窓を叩く風の音が強まってきた。

雨はまだ小降りだが、牙を剥いて襲いかかろうとする獣のように、大嵐に変身する機会を虎視眈々と覗っていた。

こんな日に飛び込みのお客は到底見込めない。幸いアポイントもないことだし、自宅兼事務所にしている賃貸ビルの最上階《ペントハウス》（と言っても三階建ての三階なのだが）のドアノブに「本日臨時休業」の木札をかけるため、俺は寝間着代わりにしているグレーのスウェットの上下のまま表へ出た。

その時だ。

階下から誰かが上がってくる靴音が聞こえた。

どうやら二階に住んでいる伊達《だて》老人ではない。彼ならば靴音に杖を突く音も交じるはずだからだ。

靴音の主を確かめるため入り口の外で待っていると、現れたのは一人の若い女性であった。こちらに向かって顔を上げながら、

「あらっ、もしかして今日はお休みですか？」

俺が手にしている「臨時休業」の木札を見たのか、女性は階段の途中で立ち止まる。

「大丈夫ですよ。さあ、どうぞお入り下さい」

愛想良く答え、俺は女性を室内へと誘導した。

「外、雨すごいですか？」

「いえ、まだそんなでも」

女性は持っていた雨傘を部屋の外の傘立てに入れ、レインコートを脱いで中表に手早く畳む。傘もコートも、コートの中に着ているニットワンピースも紫がかった綺麗なブルー。

その鮮やかな青紫色は雨に濡れる紫陽花《あじさい》のようだと俺は思った。

「そこにおかけになって少しお待ち下さい」

女性を応接コーナーに案内してから、俺は着替えるため事務所とドア続きになっている隣の自宅に引っ込んだ。クライアントと面談する時にスウェット姿など問題外である。

俺はペイルブルーのボタンダウンシャツに紺のネクタイを締め、濃紺のリジッドデニムを穿いて、サマーツイードのジャケットを羽織る。

「お待たせしました。で、今日はどんなご用向きで？」

キッチンで手早く淹れたコーヒーのカップをテーブルに置きながら尋ねると、女性は顔を伏せたまま押し黙っている。

「まずはお話をお聞かせ願えませんか？　この段階ではまだ料金は発生しませんから」

「本当に？」というように女性は俺の顔を見てから、意を決したように話し始めた。

「夫と私は大学四年の時に学生結婚をして、今年で九十五年になります。長い付き合いですから恋愛時代のような甘さはありませんが、一番の親友というのか……笑いのツボとか、世の中の出来事に理不尽だと感じるポイントとかが似ていて。交際中から今まで深刻な諍《いさか》いも危機も一度もありませんでした」

「なるほど」

「少なくとも私の方はうまく行っていると思ってました。ええ、ついこの前まで。ただこのところ、夫が毎週土曜日に趣味の会合と称して出かけることが多くなって」

「どんなご趣味でしょう？」

俺にはすでにこの女性の言わんとすることがほぼ見えてきていた。

「チェスやポーカーなど西洋のテーブルゲームを仲間で楽しむ会です。丸一日やるので土曜日は朝出ていくと夜まで帰りません」

「ご主人がその趣味の会に参加されるようになった時期を教えていただけますか？」

「そうですね、二カ月くらい前……ううん、もっと前だったかも。気がついたら毎週のように出かけるようになっていたので」

「正確な時期はわからない、ということですね」

「はい。ただ必ず毎週というわけでもないんです。今日は会がないからと出かけない週もあって」

一気に話してしまいたい気持ちになったのだろう、女性は徐々に早口になっていく。

「それが却って怪しいと思うの。出かけない週は相手の都合がつかないからじゃないかしら」

女性はまっすぐに俺を見た。誰にも打ち明けられなかった悩みをようやく開示できた一種の安心感が、まるで友人に対するような話しぶりの変化から察することができた。さっきまでのわずかな迷いはすっかり消えているようだった。

「ご主人がその趣味を始められたきっかけはわかりますか？」

「確か職場の同僚に勧められて……と言ってました。でも、今思うとそれも本当なのかどうか。そんなこと、どうとでも言えますから」

疑惑が芽生えると、何もかもが嘘のように思えてくるものだ。

「ご主人は土日休みの会社員ということですね？　失礼ですが、奥さんは専業主婦？　それとも何かお仕事を？」

「会社員ではありません。在宅でパソコンを使う仕事をしています。打ち合わせで外に出ることもたまにありますけど」

「では改めて伺いますが、本日のご相談とは」

ここまで来れば依頼人が何を調べてほしいのかわかったようなものだが、双方の誤解を回避するためハッキリと聞く必要がある。

「夫の浮気相手を調べてほしいんです。彼が本気なのかどうかも」

最後の言葉を言った時だけ、彼女はふいに泣きだしそうな表情を見せた。

不信感を抱きながら、今でも夫を愛している複雑な心情が見え隠れしている。

ここに来るまでに相当な逡巡があったことは容易に想像できた。

「わかりました。調査期間は念のため一カ月下さい。ただしそれより早く結果が出れば、その時点で調査は打ち切らせていただき、基礎料金以外の日割り分の残金は返却ということになります。ただ……」

俺は、この手の依頼があった時に必ず行う確認事項を彼女にも提示した。

「調査結果がご依頼主の望まないものになる可能性もあります。それでも構いませんか？」

彼女はしばらく考えていたが、

「構いません。私は本当のことが知りたいんです。たとえそれで私たちの婚姻関係が破綻するとしても」

調査は次の土曜日に依頼人の夫・下村徹《しもむらとおる》の尾行をすることから始まった。

下村徹は三十七歳、妻とは同じ年で同じR大学の同級でもある。大学では共に文芸サークルに所属しており、その活動を通して親しくなったという。卒業と同時に都内の大手金融機関に就職し、今は、月曜から金曜まで本店の融資関係の部署に勤務、土日祝日は基本的に休みである。

読書以外に取り立てて趣味を持たない彼が、突然毎週土曜日に出かけるようになったことは不審と言えば不審ではある。しかも下村夫人が言うには、「いそいそと出ていく」らしい。

俺は夫妻の住む自宅マンション向かいの喫茶店で、あらかじめ下村夫人が指定した夫が出かけるという時間に張り込んだ。時間きっかりに夫人からメールが入る。

「今、夫が下に降りました。服装は紺の長袖ポロシャツにジーンズです」

俺はすぐに店を出、マンションの脇道で待機する。

ほどなく一人の男がマンションのエントランスから出てきた。

夫人の言った通り、紺の長袖ポロシャツにジーンズ。あらかじめ夫人から数枚の写真をもらっていたので、彼が下村徹であることは一目でわかった。

ひょろりとした痩せ型で眼鏡をかけている。背は高からず低からず。真面目で誠実そうな風貌を見た限りでは、この男が「趣味の集まり」と偽って浮気相手と密会しているとは考えにくい。が、この仕事に先入観は禁物だ。人は見かけによらないのだから。

つかず離れず、俺は彼の後ろを尾行する。

最寄りの私鉄駅で彼は上りの電車に乗った。俺も同じ車両に乗る。

趣味の会が横浜方面で行われるらしいことは聞いているが、本当に横浜まで行くのかどうか。途中下車して浮気相手と合流することも十分考えられる。

ターゲットを見逃さないよう、また気づかれないよう細心の注意を払い、俺はスポーツ新聞を読むふりをしながら彼の動向を観察する。

が、予測に反して、下村徹が降りた駅は終点の「横浜中華街駅」であった。

ここまで来れば安心とばかりに、彼は意気揚々と駅前のターミナルでバスに乗り換える。

そして下村徹は三つ目の停留所で降りたのだ。

尾行から一週間後の土曜日、調査結果を下村夫人に渡すべく俺は事務所で待っていた。

下村夫人はまた雨の中をやってきた。例の紫陽花色のコートを着て。

その様子から緊張ぶりがありありと感じられる。

そりゃそうだ。夫の浮気の実態とその相手が判明するというのだから。

俺は調査資料と何枚かの写真が入った封筒を、下村夫人の前に置いた。

「これがご主人の調査結果です。証拠となる写真も入っています」

夫人は封筒を手に取ったが、固まったまま開けようとはしない。

「それにしても一週間だなんて、ずいぶん早くわかったのね。彼はやはり浮気を？」

まず俺の答えを聞いてから覚悟を決めようということなのだろう。

「いいえ、実は浮気ではありませんでした」

さっきまで曇っていた夫人の表情がぱっと輝いた。

「浮気ではなく、ご主人は本気です」

「えっ」

一度は晴れた夫人の顔が再び曇る。

「本気……いったい相手はどういった女性なんですか」

さすがに気色ばんで夫人は封筒を開けようとする。その手が震えているのを俺は見た。

「いいえ、女性ではなくて」

夫人は目を見開いた。

「何ですって、女性ではない？　では夫の相手は男なの？」

「男でもありません。と言うか、相手は人間ではないのですよ」


真相はこうだ。

尾行の日、下村徹が向かった先は横浜にある「被災地救済動物センター」であった。

職場の同僚がボランティアで参加している、被災時に置き去りにされてしまったペットの犬や猫たちの一時保護預かり所に、徹はたまたま誘われて二カ月前初めて見学に行った。

飼い主を失った犬や猫たちの、途方に暮れた悲しげな瞳。飼い主が名乗り出ない場合には新しい里親を探すのだが、それも見つからないと処分されてしまうという彼らの運命に、徹は少なからず心を痛めた。

何か自分にできることはないか……どんな小さなことでも。

その後も何度かセンターを訪れるうち、彼は一匹の雌のアメリカン・コッカー・スパニエルに出会った。

彼女はランという名前で呼ばれていた。

愛くるしい面立ち、機敏な動作、彼が子供の頃実家で飼っていたサリーに似ていた。

ランは徹を認めるとケージの金網を激しく引っかき、抱いてくれとせがんだ。

ケージから出してもらったランと徹は、まるで初めから飼い主と飼い犬ででもあったように固く抱きしめ合い、お互いの匂いを嗅ぎ、頬ずりを繰り返した。

「あれ以来、下村さん、毎週土曜日にここに来てランと面会していましてね」

センター長・林葉《はやしば》さんの裏付けも取れた。

「ランも下村さんを覚えていて、下村さんが来るともう大変で。二人で向こうのドッグランで遊んだり、ほとんど半日一緒に過ごしてますよ。下村さんが帰るとランはとても寂しそうにして。飼い主と別れる辛さを一度経験していますから、なおさらなんでしょうね。ランだけでなく、保護されてここに連れてこられた犬たちはみんな同じなんですが」

「下村さんは毎週土曜に必ずこちらに来ているんですね？」

「ええ。予防接種や健診、トリミングなんかの予定があってランがセンターにいない日以外は。下村さん、ランの翌週の予定を必ず聞いていかれますから。あの人、犬が好きなんですね ぇ。できれば飼いたいのだけれど、奥さんが犬アレルギーらしいんですよ。だから無理……と、とても残念そうにしていましたね」

俺の話を神妙な面持ちで聞きながら、下村夫人は手にした数枚の写真を穴が開くほど見つめていた。そこにはランを抱いて満面の笑みを浮かべる夫、ランと共に走り回る夫の姿が写っている。

「こういうことだったんですね。思い切ってこちらに来て本当に良かった。夫を疑って調査なんかお願いして、罪悪感が全くないとは言えないけれど、これでやっとスッキリしました。本当にありがとうございました。でも」

帰り際、彼女は紫陽花の花が咲いたような笑顔で言いながら、何かを思い出したように振り返り、

「最初の思わせぶりなフェイントは余計だったわ」


五日後の木曜日。

その日は、朝から明るい太陽が輝いていた。

「蘭世伊玖磨《らんぜいくま》探偵事務所」の入り口に「営業中」の木札をかけるため俺が表に出ると、階下から誰かがクシャミをしながら上がってくる靴音が聞こえた。

二階の住人・伊達さんではない。彼のクシャミはもっと枯れた味わいだ。

俺がクシャミの主を確かめようと待っていると、上がってきたのは下村夫人であった。

「近くまで来たのでお支払いに」

「振り込みでも良かったんですよ」

そう言いながら、俺は彼女との再会を嬉しいと感じている自分を意識した。

「コーヒーでも?」

「ありがとうございます」

下村夫人がわざわざ来たのは、何も支払いのためだけではないのだろう。俺は彼女の期待に応えるべくこう聞いてみた。

「どうです、ご主人とはすっかり元通りなんでしょう?」

例によってコーヒーカップを置きながら、彼女が望んでいるだろう質問を先回りして俺は聞いた。

しかし、意外にも下村夫人は言い淀んだ。

「それが……前と同じには戻れなかったんです」

「えっ、ご主人の疑惑が晴れたのに?」

いったいどういうことだろう。俺の調査に見落としがあったのだろうか。それとも何か別の問題が発生したのか。

すると夫人は悪戯っぽく肩をすくめ、

「前とは全然変わってしまいました。家族が一人、増えたんです」

「家族が一人? えっ、あっ、じゃあもしかして……」

「ランを引き取ることにしました。あのあと夫と一緒にセンターに行って、私もランに会ったんです。ラン、私たちを見るなり駆け寄って、しっぽをちぎれるほど振って喜んで。そのしぐさがもう可愛くて、可愛くて」

その時のことを思い出したのか彼女はくすっと笑い、

「私ったらすっかりランに夢中になってしまって。結局その日のうちに連れて帰ってきちゃったんです。今は三人で賑やかに暮らしています。あ、もちろん夫の毎週土曜日の外出もなくなりました。問題はこの通り、私のクシャミが止まらないことくらいで」

そう言うと彼女は立て続けに大きなクシャミをした。

どうやら下村蓉子《ようこ》に一本取られたようだ。

「それは何よりでした。最初のフェイントは余計でしたがね」

外は初夏の陽気に輝いている。

今日の俺に、アスピリンは不要だ。

Episode 3

相《あい》合《あい》傘《がさ》

伊達《だて》学《まなぶ》がその女性を見たのは今日で二度目だった。

ボランティアの帰りにいつも立ち寄る喫茶店で、ちょうど一週間前に見かけたのが最初である。

席数が十にも満たない小さな店内で、女性の存在が際立っていたとは言い難かった。

年齢は三十代後半か四十歳を少し出たあたりだろうか。モノトーンを基調とした地味な服装、化粧っ気のない白い顔に肩までのまっすぐな黒髪。どこにでもいるごく普通の女性だった。

ゆっくりとコーヒーを飲みながら、手持ちの文庫本を読むともなく開いている。

しかし一向にページをめくる様子はなく、しきりに店内の時計を見たり、携帯電話を確認したりしている。

一人の時間を静かに過ごすためだけに彼女がここにいるわけではないことが、伊達にはすぐに理解できた。

もっとも自分もこうやって他人の観察をしているのだ。人のことは言えないと伊達は密かに苦笑する。

その時、女性の携帯が鳴った。彼女はそれを素早く手に取り、

「もしもし」

と、できる限りの小声で言った。

受話器の向こうで何か話しているらしい相手に対し、彼女は、

「うん、うん、今駅前の喫茶店だから、すぐに行けるよ」

などと答えている。

どうやらこの店で相手からの連絡を待っていたらしい。

「いつも通り五時半ね、うん、わかった」

彼女はいそいそと立ち上がった。先ほどまでとは打って変わって表情に生気が宿っている。

身につけていた腕時計で時刻を確認しようとでもしたのだろう、手首まで覆っていた黒いサマーセーターの袖をまくった時、それが伊達の目に留まった。

彼女の手首にあったのは、赤紫色のアザだった。何かで強く縛られたような縄目模様が一瞬ではあるが間違いなく見て取れた。

そのことが妙に気にかかり、女性に続いて伊達も席を立つ。

店を出ると外はまた雨が降りだしていた。梅雨なのだから当たり前と言えば当たり前だが、ここ三週間ほど太陽の姿を見ていない。今年の梅雨は記録的な降水量だという。

手持ちの折り畳み傘を素早く広げ、女性は携帯で話していた通り、歩いて駅へと向かっていった。

伊達もあとに続く。

二分ほどで駅に着いた。駅の大きな時計を見ると五時十五分である。

「五時半」と電話の向こうの相手に言っていたから、まだ十五分ある。

改札が見える駅ビル内の大型マーケットの前で、彼女は出てくる人々を目を凝らしてじっと見守っている。

現れるのは誰だろう？　彼女の夫だろうか。

伊達はマーケットの店内で商品を見るふりをしながら様子を覗った。

現役を退いてからもうだいぶ経つというのに、長年の習性は変わらないものだと自分でも思う。

駅の大時計がカチッと音を立てるようにきっかり五時半を指した。

その瞬間、彼女の顔がぱっと明るく輝いた。改札に向かって小さく手を振っている。

ほどなく身長百八十センチ以上はあるだろう背の高い男が一人、改札を通り抜けて女性の前に現れた。

男は何か尊大とも見える態度で待っていた彼女にしきりに何か言っている。

彼女が申し訳なさそうに頭を下げる。

男の機嫌を取り、顔色を覗うようなそのしぐさに、伊達はいよいよ不信感を募らせた。

男の風貌はと言うと、およそ彼女が喫茶店で時間潰しをしてまで待ち焦がれるような代物ではない。首を前に突き出した猫背と、ひょこひょこと片脚を引きずるような不格好な歩き方のせいで高身長が悪目立ちしている。

身なりはキチンとしており、腕にはスイス製の高級時計が光っているが、何よりどう見ても六十代後半だ。彼女とは二十歳以上の年齢差ではあるまいか。

そしてその男に、伊達はどこか見覚えがあるような気もしていた。

脚のせいか独特なリズムで先を歩く男の後ろから、彼女は小さくなってついていく。

その姿に「服従《ふくじゅう》」という単語が浮かんだ。あるいは「隷属《れいぞく》」。

が、その直後、伊達は意外な光景を見た。

駅から出る時、男は手に持っていた大きな黒い雨傘を広げ、件《くだん》の女性を抱きかかえるように傘の下へと招き入れたのである。

幸せそのものといった様子で彼女は男の左腕の中にすっぽりと収まった。

やっと帰ってきた親鳥を待ち焦がれた幼鳥《ヒナ》のように、彼女の顔にはこの上ない安堵とわずかな官能が滲んでいた。

黒い大きな傘の中にある二人だけの世界には、誰一人足を踏み込めないように思えた。

そして一週間後の今日、伊達は再び駅前の喫茶店を訪れた。

今日は日曜（彼のボランティアの担当日は火曜、木曜、日曜である）。

火曜と木曜にもこの店に立ち寄ったのだが、どちらの曜日にも例の女性の姿はなかった。

しかし今日、午後五時前に店に行くと、彼女がカウンター席の左端で真新しいハードカバーの本を静かに読んでいた。

携帯電話を手元に置き、チラチラと時計を見る様子は先週と同じだ。

余計な警戒をされないよう、伊達はさりげなくカウンターの二つ置いた席に座る。

コーヒーをオーダーし、おもむろに煙草を取り出してから、伊達はカウンターの二つ左の席にいる彼女に初めて気づいたように声をかけた。

「失礼、煙草は構いませんか？」

女性はハッとして顔を上げ、伊達をまっすぐに見た。

濁った目、曇った目、悲しげな目、怒りに燃えた目、そして死んだ目を見たことさえあったが、彼女の目を「澄んだ目だ」と伊達は思った。

「ええ、どうぞ、お構いなく」

控えめな見た目とは裏腹に、その口調はハキハキと迷いがない。

「では遠慮なく」

女性はそれには答えず、もうカウンターに置いた新刊書に向かっている。

カバーをつけていないので、ページをめくる時ふと本の題名が目に入った。

「ほう、『霧雨に消えて』……北ノ森ノマドの新刊ですね」

伊達は思わずそう口にした。

女性が意外そうに顔を上げ、

「ご存じですか?」

と聞いてきた。伊達に対する警戒心は全くないようだ。

「ええ、彼の作品はほとんど読んでいますよ。この通り、時間もたっぷりありますしね」

女性は柔らかく微笑んだ。

彼女が初対面の男に対してバリアを張らないのはやがて九十歳になる自分の年齢(彼は特別若くも見えなければ、特別老けても見えなかったから)と、欠かさず持ち歩いているこの杖のせいかもしれないと伊達は考えた。

年を重ねることが幸いすることもあるのだ。

「先週もこちらにいらしてましたね」

流れに乗って伊達がそう言うと、

「あら」

と彼女は少し驚いて、

「ごめんなさい、私は気づきませんでした」

「覚えていない」「知らない」ではなく、「気づかなかった」という言い方に優しさが感じられる。

顔見知りではない人間に対しても、そういう心配《こころくば》りが自然にできるのだろう。

「私はこの近くで火曜、木曜、日曜の週三回ボランティアをしているんです。仕事が終わってからこの店に来るのが長年の習慣でして」

伊達の穏やかで物静かな語り口は、苦しみを抱えた何人もの人々の心を開いてきた。

この女性もそうであるのかどうか。

「週に三回も？　私は毎週日曜日だけです」

その答えは伊達の想定内であった。

「お仕事の帰りですか？　それともこの駅で何かご趣味でも？」

「いえ、仕事でも遊びでもありません」

女性は口ごもり、それから意を決したように、

「毎週日曜日、ある人を駅まで迎えに行くことになっているので」

と言ってから、恥じらうように目を伏せた。

「その人、すごく大きな夢を持っていてずっと頑張っているんです。いつかその夢が叶っ

たら、私と結婚することに」

女性が一歩踏み込んだ話をしてくる。

誰にでも言えることではないその話を、ゆきずりの老人にふと聞いてほしくなったのか。カウンターからいつのまにかマスターの姿が消えている。客の会話に気を利かせたのだろう。若いながらなかなか出来た男だ。

狭い店内には、伊達と女性二人だけになった。

「ご結婚ですか。それは楽しみですね」

少女のように無防備な女性に、伊達は好感と同時にある危うさを覚える。

「ええ。でも私、それまでにやらなくちゃいけないことがあって」

「ほう、何でしょう」

女性は肩をすくめ、

「私ってほら、この通りものすごく太っているでしょう？　彼がいつもお前は太り過ぎだ、みっともない、お前のお腹は力士みたいだって言うんです」

彼女の澄んだ目に悲しみが灯った。

「だから彼が成功して大金持ちになる前に、何としても痩せなくちゃならないんです。でないと彼、私とは別れるって」

彼女の目にはすでに涙が溢れ、今にも落ちようとしていた。

伊達は黙って彼女にハンカチを差し出した。

「ありがとう」

涙を拭うその手首に、例の赤紫色の縄目模様のアザが見えた。血管が浮き出た青白く薄い皮膚、太っているどころか、彼女は折れそうに痩せているのだった。

「今年の梅雨は長いですね」

伊達は意識的に話題を変える。

「雨、お嫌いですか?」

女性も話題に乗ってくる。切り返しの速さはそのまま彼女の頭の回転の速さを示していた。

今はそれを第三者に支配され、コントロールされているだけなのだ。

「愛」という名の、彼女が最も欲しいものの姿をした悪魔に。

「私は雨が好き。だって彼、雨の日に迎えに行くと必ず相合傘をしてくれるんですよ。太った私が濡れないように、傘の中に強く抱き寄せて」

その日、自宅に戻ってから伊達は塩川航《しおかわわたる》という人物に電話をかけた。

現役時代に手塩にかけて育ててきた愛弟子《まなでし》とも言うべき男だ。

「学《がく》さん、ご無沙汰しています。何かありましたか?」

伊達からの連絡が単なる時候の挨拶や飲みの誘いではないことを、塩川は熟知している。

「結婚詐欺《アカサギ》で指名手配中の男をつい最近目撃した。毎週日曜の午後五時半きっかりに、私鉄S線H駅の改札に現れる。ただし女性《おんな》が一緒だ。彼女は何も知らない。何とか彼女を傷つけないように頼みたい」

次の日曜、迷いに迷ったあげく伊達は例の喫茶店には立ち寄らなかった。

行けばあの女性には会えただろう。

が、その後、H駅の改札で密かな捕り物が繰り広げられることを彼は知っていた。

自分の素性を打ち明け、川野《かわの》の正体を明かして、今日は駅には行かないよう女性を説得することも考えなかったわけではない。

しかし、澄んだ瞳を持った彼女が真実を知る姿をこの目で見ることは、伊達にはどうしてもできなかったのである。

この店で出会った女性が立花可津子《たちばなかづこ》（四十七歳）で、結婚詐欺師・川野忠司《かわのただし》（六十八歳）と同棲中であったこと、川野が競馬や競輪に注ぎ込む多額の金を可津子が昼夜のパートで賄《まかな》っていたこと、川野から日常的に暴力を振るわれ、さらに川野の言動から「自分は太っている」と思い込み、過剰なストレスから極度の拒食症に陥りかけていたことなどを、伊達はのちに塩川から詳しく聞くことができた。

あの痩せ方は尋常ではなかったと、伊達は彼女の細い（縄目のついた）手首を思い出す。

「洗脳って怖いですねぇ」

感慨深げに塩川は言った。

「洗脳というとまず思いつくのが新興宗教などですが、普通に日常にも潜んでいるんですね。立花可津子にしたって、鏡を見れば自分が太ってなどいないことはわかるはずなのに。第一いつ当たるともわからない賭け事《ギャンブル》の配当で川野が金持ちになって、いつか自分と結婚してくれるなんて本当に信じていたのでしょうか」

「だから洗脳なのだよ」

伊達は答えた。

「そこには必ず対価がある。この人の言うことを信じてさえいれば、自分の望むものが手に入ると思った時、頭のどこかでおかしい、変だと思いつつ、人はその罠に自ら嵌まっていくんじゃないのかね」

「立花可津子にとってはどうしても欲しいものだったわけですか、川野との結婚生活が。実は川野の余罪を探るために可津子についても少し調べたんですが、小学生の時に親が離婚、母親と二人で暮らしていましたが、母親が再婚した義父から性的暴力を受けるようになり、中学の時に家を出ています。二十五歳の時に勤務先であるスーパーの上役――この人物もかなり年上です――と一度結婚していますが、わずか一年で離婚」

父親のいる温かい家庭に飢えていたということか……。可津子が二十歳以上も年長の川野に惹かれた理由が透けて見える気がした。

伊達はほんの数回しか会っていない立花可津子の、儚げながらも何かを必死で追い求めているようなまなざしを思い返していた。


長かった雨の季節が終わり、熱波と台風に翻弄された夏も往《ゆ》き、木枯らしに落ち葉が舞い踊る秋が忍び寄っていた。

伊達学の日々にはまた元のように規則正しい穏やかさが戻ってきている。寒くなってくると鈍い痛みがよみがえる右膝の古傷《ふるきず》以外、当面の問題はないと言えた。

週に三回のボランティアと、その後の喫茶店通い。ふと店内に立花可津子の姿を探してしまうこともあったが、そんなこともじきに忘れてしまった。

脳に忘却という機能が備わっていることは、人間に与えられた最高の贈り物ではないかと思えるようになったのも年のせいかもしれない。

短い秋があっという間に伊達を追い越していった。

右膝の疼痛が少し和らいだある日、伊達は久しぶりに都心に出た。特に目的はなかったが、クリスマスで賑わう街を散策してみたいという思いに突然駆られたのである。

山手線E駅で下車し、駅中から続く動く歩道に乗っていくと、著名なビール工場の跡地に建設された広大な商業施設メルローズプラザに辿り着く。

駅からやや離れてはいるが、話題のレストランや老舗のデパート、小さな野外劇場や映画館まで揃っているせいか、平日の昼間でもたくさんの人でごった返していた。

広場の突き当たりには一層の人だかりが見える。飾りつけを終えた巨大なクリスマスツリーの点灯式が行われるらしい。そのカウントダウンが今まさに始まろうとしていた。

伊達もその雑踏の中へと進む。冬休みに入ったせいか、家族連れや子供たちの姿も多い。

その時、伊達は群衆の中に思いがけない人物を認めた。

立花可津子である。

淡いピンクのコートを纏い、化粧をし、半年前より幾分長くなった髪をキチンと整えている。私鉄沿線の駅で愛する男を待っていた頃とは別人のように、健康的で美しくなっていた可津子を、彼は初めわからなかった。

可津子がふいにこちらを振り返った。伊達は咄嗟に顔を背ける。

「ねえ、もうすぐよ」

彼女の声で一人の男が笑顔で近寄る。

「本当だ、ここならよく見えるね」

長身で身なりの良い初老の男が彼女の肩を優しく包む。

そうか。

彼女は自分を雨から守ってくれる新しい男を見つけたわけだ。

それとも男には頼らず、自力で雨を避ける術《すべ》を会得したのかもしれない。

川野と離れた可津子の日々を伊達は知る由もない。

空からちらほらと雪が舞い降りてきた。

「あ、雪!」

「ホントだ、初雪ね」

皆口々に絶妙なタイミングでの雪の訪れを歓迎する。

可津子の連れが洗練された手つきで傘を広げ、その中に彼女を抱き寄せた。

どこかで見たような光景だが、誰にとっても忘却という機能は間違いなく人間にもたらされた最大のギフトであることを伊達は再認識する。

それにしても女は強い。時はこうして過ぎていくのだ。

Episode 4

雨を降らす男

港にほど近い夜の街角。ほのかに漂う潮の香りがそれを物語る。

霧雨がそぼ降っているので、遠くにまたたく街の灯りはピンクやイエローのパステルカラーのパレットのように淡く煙っている。

沖を行く外来船の汽笛が時折ボーッボーッと聞こえるだけで、他に物音はない。

繁華街の中心から外れているので喧騒とは無縁なのだ。

一匹の黒い猫がふいに脇道から現れ、石畳の上をしなやかな動作で素早く渡っていった。通り過ぎる時にこちらをちらっと見た緑色の目が暗闇の中でキラリと光る。

目の前を横切る黒猫は不吉の前兆……ベージュのトレンチコートを着た女は今見た光景を打ち消すように目を背け、ハイヒールの靴音を響かせて歩みを速める。

寒さのためかコートの襟を立て、焦げ茶のニット帽を目深にかぶっている。傘をさしていないので、帽子から垂らしたウェーブのついた長い髪は霧雨に濡れていた。

彼女の前方には背の高い男が一人。

この先の埠頭へでも向かっているのか、その足並みは女以上に急いでいるようだ。

「待って、待ってよ」

女が男に声をかける。

男は歩みを止めるが答えはない。無言のその背中は、女を拒絶こそせずとも受け入れる様子にもまた見えなかった。

不安に駆られる女が再びこう言う。

「ねえ、あたしも連れていって。あなたと一緒にいたいの。あなたのために、あたしたちのために、何もかも捨ててきたのよ」

泣きそうな顔で女は男の後ろ姿に呼びかけた……。


「は〜〜〜い、カット、カット、カット！！！」

突然霧雨が止み、周囲がぱっと明るくなる。

「なぁ〜んか、違うんだよな〜」

メガホンを膝に置き、根津《ねづ》監督がイラついた様子で大袈裟に首を捻《ひね》りながら、独特の間延びのした口調で不満を露わにする。

「あのさ〜、ここはヒロインの涼子が敵のスパイだったことを圭介に打ち明けたあとでしょ。立場や身分を放棄して何者でもなくなった一人の女としての、いわば涼子の心の叫びなのよ。今の舞子ちゃんの言い方だと、単に自分の元を去っていこうとする男に縋《すが》りつくその辺の女と変わらないんだよね」

「すいません」

舞子はぺこりと頭を下げる。根津監督のダメ出しはいつものことだ。

女優に厳しい根津監督の評判は、以前から舞子も聞いていた。しかし、それだけに一度一緒に仕事をしてみたかった相手でもある。

さらに女優生活二十五周年を迎えた舞子にとって、今回の「霧雨に消えて」は、何としてでも日本映画協会アカデミー主演女優賞を取りたい一本だった。演技力を磨くために敢えて一年スケジュールを入れずに、ニューヨークの演劇学校に短期留学もした。舞台で有名な新進劇団のワークショップに参加したりもして臨んだ撮影だったが、今一つこの役に対する自分の演技に納得がいかないことは誰よりも舞子本人が十分知っていたのである。

「もうちょっと涼子の心情に迫ってほしいんだよね。キレイに映ることはこの際忘れてもらってさ」

綺麗に映ることなどハナから意識していない。そう言われることが一番プライドに障ると知っているのかいないのか、そこまできつい言い方ではなかったことも却って舞子の心を抉る。

「はぁい、あとの人は問題ないから今日はここまでってことで。明日またこのシーンの前からやるから。舞子ちゃんはもういっぺん北ノ森先生の原作を読み直してみてよ」

最大の山場であるラストシーンに辿り着くまで、舞子は歯を食いしばって監督の要望に応えてきた。人目を忍んでトイレで泣いたことも一度や二度ではない。

元々演技派という括《くく》りではなく美人女優としての名声が勝っている自分を舞子はいささか持て余している。このあたりで本物の女優としてひと花咲かせたい……。じき四十歳を迎えようとする舞子の切実な思いであった。

同じ事務所で新人時代から長い付き合いのある山村吾郎《やまむらごろう》が舞子に近づいてきた。さっきのシーンで舞子が追いかけていた背の高い男役の俳優だ。

「根津さんが女優に厳しいのはその女優の眠っている可能性を引き出そうとしているからだよ。舞子ちゃんにあれこれうるさく言うのも、君にそれだけ期待しているってこと。いちいち気にするなって」

「ありがとう、わかってる」

気丈に答えはしたものの、何より自分で思うような演技ができないことが歯がゆくてたまらない。

「俺の方のアクションのタイミングとか、何か注文あったら遠慮なく言ってよね。舞子ちゃんがやりやすくなるなら何でも聞くよ」

吾郎が片目をつぶってみせる。

「うん、ホントにありがと」

「円城寺《えんじょうじ》さん、明日は三時入りでお願いします」

アシスタントの若い女性が明日のスケジュールを伝えに来る。

「雨に濡れた舞子さん、すっごく綺麗でした」

しょげている舞子を励まそうという彼女なりの気遣いなのだろう、こんな時にはそんなさりげなささえも胸に刺さる。顔や髪に張り付いた雨の滴《しずく》をハンドタオルで拭き取りながら、明日こそ何としても良い演技をしたいと舞子は心に誓う。

「お疲れさ〜ん」

「お疲れ〜」

俳優や監督、スタッフ、その他諸々、映画一本を撮るために集結したさまざまな職種の人間がお開きと共に一様に解散していく。

ざわついていたセットはまたたく間に無人の箱になり、祭りのあとのような寂寥感が漂う。

時計を見ると午前零時を回っていた。

明日の入りが遅いのは助かる。睡眠不足の肌は、中年に差しかかろうとする女優の年齢を容赦なく画面に映し出してしまうからだ。

「舞子ちゃん、帰りどうする？　良ければ俺の車で送るけど」

いつのまにか私服に着替えた山村吾郎が舞子に申し出てきた。シンプルなセーターにラックス姿の彼は年を重ねても少しも印象が変わらない。昔と同じ爽やかな好青年のままである。

が、今夜の舞子はその好意を受ける気にはなれなかった。こんな気分の時に優しくされたら、不本意な誘惑の甘さに自らを投じてしまいそうだからだ。

「ありがと吾郎ちゃん、でもあたしちょっと確認したいことがあるから」

「そう？　じゃまた明日も元気に明るく頑張りましょう」

吾郎はあっさり引き下がった。

一人にしてほしい舞子の気持ちを察知してくれるのは長年の付き合いならではだ。

二人ともまだ若かった頃、吾郎と恋愛のような感じになりかけたこともあったが、今は気の置けない友人、大切な仕事仲間としての関係に一応落ち着いている。

それでも時々吾郎からの熱い視線を感じることもないではなかったが、女優として確固たる地位を築いておきたい舞子にとって少なくとも今、色恋事に時間や労力を費やすつもりはなかったのである。

吾郎も帰り、本当に舞子一人になったスタジオには魔法が解けたような現実味が露呈していた。さっきまで夜の港町だったはずの通りは、明るい照明の中で改めて見ると、発泡スチロールやベニヤ板で出来たニセモノであることがわかる。

「所詮は全てが作り物なんだわ」

セットも作り物なら、辣腕エージェントという身分を捨て、敵である男と生きる道を選ぼうとする女心もまた作り物なのだ。だいたいこの世に何人、女スパイが実在するというのか。

しかしその作り物に息を吹き込み、命を与え、あたかも本物のように見せる。そして観客の共感や感動を引き出し、ひとときの非日常を味わってもらうのが女優の仕事だと舞子は常々思っていた。

舞子はふと思いつき、勝手知ったる撮影所のライトをオフにしてみる。

すると見る間に夜の港町がそこに現れた。

「これで霧雨さえ降ってくれば、さっきと全く同じだわ」

そう思った時、舞子の額にかすかに触れたものがあった。

水滴である。

「あらっ」

見上げると、果たして左上方から細かい霧雨が吹き出してきているのが見えた。

いったいどういうことだろう。

「そこに誰かいるの？」

上に向かって思わず叫ぶと、二階の足場から静かに降りてくる足音が聞こえ、やがて初老の男が一人ゆっくりと姿を現した。

年は六十歳前後か。かなり小柄なので、大柄な舞子が見下ろす格好になる。

「あなた、どなた？」

何と言ったら良いかわからず、取り敢えずそう聞いた舞子に、

「雨を降らす係です」

と男が言う。

「雨を降らす係？　ここのスタッフさんなの？」

男は直立不動の姿勢のまま、

「この映画は雨が重要な小道具になっています。監督の指示に従い、場面ごとに最も相応《ふさわ》しい雨を、最も相応しいタイミングで降らせるのが私の仕事でして」

「じゃあ、今の霧雨もあなたが？」

ついつい詰問するような言い方になってしまう。スタッフに上から目線で接しないよう心がけてはいるのだが。

「はい。円城寺さんが最後のシーンで悩まれているようでしたので、何か私にお手伝いできることはないものかと」

監督に叱られ続けていたことを小道具係にまで同情されるのかと、舞子はさすがに情け

なくなる。

「あたし、ダメなんだ。ここまではまずまずうまく行ったと思う。根津さんの意向も私なりに掴めていいたし。でも最後のところがどうしても、どうしても」

そこまで言うと、堪えていた気持ちが津波に押し流される堤防のように崩れるのを感じ、舞子はわっと声を上げて泣きだしてしまった。

泣きながら舞子は思い出す。

子供の頃、母に怒られて泣いた自分、中学一年の時初めて好きになった男の子に振られて泣いた自分、飼っていた愛犬が亡くなり夜通し泣いた自分、オーディションを受けては落ち受けては落ち、女優への道を諦めようと泣いた自分……「泣き虫マイコ」と呼ばれ(舞子の本名は遠藤麻衣子だった)、涙と共にあった今までの人生が走馬灯のように現れては消えた。

こともあろうに見知らぬ小道具係の男の前で。

慌てるか、逃げ出すか、「泣かないで」と慰めてくるだろうと思っていたのに、

「お泣きなさい、気の済むまで」

と男は言い、無言で突っ立ったまま、舞子が泣きやむのを待っていてくれた。

小柄なせいか生身の人間っぽさがあまり感じられない、まるで灌木《かんぼく》のような男だった。

どれくらい泣いただろう。

監督の前でも、山村吾郎の前でも、他の共演者やスタッフの前でも見せなかった姿を曝《さら》け出した反動なのか、舞子は急に笑いだしたくなった。

「あなた、変な人ね。本当にただの小道具さんなの？」

化粧も落ちた顔で泣き笑いしながら問う舞子に、

「いいですね、その顔、その表情。あなたが素のあなたになって、たった今私に見せてくれた感情の迸《ほとばし》り、あなたの肉体と魂の底から湧き上がるような情熱の炎を、そのまま明日カメラの前で見せて下さい。約束ですよ。私はあなたの全てが最高に光り輝くように、あなたの演技が頂点まで上り詰めるように全力で雨を降らせますから。時には激しく、時には優しく、雨の滴があなたの顔を輝かせこそすれ、あなたの美しさがこれっぽっちも損なわれないように、細心の注意を払いながら」


それが雨を降らす男との会話の全てだった。


翌日三時前にスタジオに入った舞子の心は晴れやかだった。

開き直りというのではない。

昨夜の雨を降らせる小道具係の言葉が、舞子に不思議な力を与えてくれていた。彼の言葉にはおざなりの気休めなどではない真実の響きがあったからだ。

「おはよう、舞子ちゃん。調子どうよ？　今日こそ決めちゃってね、頼むね」

根津監督が出合い頭に舞子の肩を勢いよくパ～ンと叩いていく。

「おはようございます。よろしくお願いします」

舞子も負けずに答える。

なぜかいい予感がした。足元からパワーが上がってくる感じだ。

頭で理解するのではなく感情で掴んだ昨夜の感覚が、今も舞子の体内に残っている。スイッチさえ入れれば、いつでもその豊かな感情の海に飛び込んでいけるような気がした。

それに、やはり私はこの現場が好き。ここが自分の居場所なのだと改めて舞子はハッキリ自覚する。

それもあの人のお蔭だわ……。

小道具係の男に昨日のお礼を言おうと、舞子はスタッフたちの集まるブースへと足を運んだ。

本番前のひととき、和やかに談笑していた数人のスタッフたちが一斉に立ち上がって舞子に挨拶をする。見渡した限り昨夜の男はそこにはいない。すでに現場で雨を降らす準備でもしているのだろうか。

「ねえ、ちょっと小道具さんを探しているの。昨日、雨を降らす係をしていた方。今どこにいらっしゃるかしら」

一人の若い男が、「え？」という顔をして立ち上がり、

「俺ですけど」

と自らを指差しながら舞子の前に立った。

「えっと俺、何かヤバイことしちゃいました？」

大女優に何かクレームをつけられるとでも思ったのか、完全にビビっている。

「ううん、あなたじゃなくてもう一人の人。小柄で、年配の」

平身低頭しつつ、若い男はいぶかしげに首を傾げ、

「雨の係は撮影中ずっと俺一人ですけど」

「変ね。本当にあなた一人だった？」

いつのまに二人の話を聞いていたのか、根津監督が舞子のそばに来ていた。

ちょっと、と言うように監督が物陰に舞子を連れ込む。

「舞子ちゃん、その人、どんな人だった？　いつ会ったの？」

「どんなって六十歳くらいの小柄な。みんなが帰ったあと、てっきり私一人だと思っていたらその人も残っていたの。ラストシーンだけもう一度確認しようとしたら、その人が雨を降らせてくれたのよ」

「ふぅん」

監督は何かを考えるように腕組みなどしている。

「そうそう別れる時、名前を聞いたわ。確か、打水《うつみ》さん……って。打《う》ち水《みず》と書くから雨係にはうってつけの名前でしょって」

それを聞くと根津監督はしばらく沈黙してから、

「打水源《うつみげん》さんだよ。伝説の《雨降らしの源》の異名を持つ天才小道具係だ」

「そうそう、その打水さんに会ったの。ちょっと話をして、演技のヒントももらえた」

「舞子ちゃん、源さんは足場の事故で七年前に亡くなったんだよ」

「えっ？」

舞子は監督が何を言っているのか、咄嗟にわからなかった。

「亡くなったって、そんな、まさか。いったいどういうこと？　だって私は確かに昨夜、打水さんと会ったのよ」

「そうか。やっぱり来たんだね。舞子ちゃん、昨日は源さんの命日だったんだよ」

根津はそれだけ言うとメガホンを持ち、すっと舞子のそばを離れた。

「さあ、みんな今日も締まっていこう。舞子ちゃん、スタンバイ頼むね」

ざわめきを増していくスタジオに、監督のカチンコが勢いよく響き渡った。

Episode 5

熱帯雨林

日本人小学校の送迎バスが到着した時には大した降りではなかった雨足が、その後急激にその勢いを加速させた。

こんな降り方をしたことは以前にも何度もある。が、いずれも亜熱帯特有のスコールで済んでいた。今回はその比ではない。無限とも思われる水量が半端なく地上に脅威を示してくる。

共同住宅《フラット》の二十階にある自宅に戻ると室内で電話が鳴っていた。

受話器を取ると夫の崇《たかし》である。

「そっち、雨の具合はどう？」

「どんどん強まってきてる。今渚《なぎさ》をスクールバスに乗せたんだけど、途中で崖の脇を通るから心配だわ」

「学校に連絡してみたら」

もう子供をバスに乗せてしまったというのに、連絡してどうしろと言うのか。

夫は常に何かしらの提案はしてくるのだが、示唆するだけで自ら動こうとはしない。

「うん、でももう少し様子見てみる」

夫と長話をしている場合ではない。短く答えて受話器を置くや否や、再びジリジリとけたたましい音が鳴る。今度は日本人小学校の担任からであった。

有砂《ありさ》の懸念通り、崖の手前で危険を察知したバスの運転手が引き返す判断をしたようだ。

「もうすぐバスが戻りますので、フラットの下に迎えに出ていて下さい。今、職員で手分けして保護者の皆さん全員に連絡しています。香港島《ホンコンとう》全域に大雨洪水警報が発令されたので今日は臨時休校とします」

とのことであった。

バルコニーから眺めると、眼下に広がる海は鉛色の巨大な油田のように重く沈んでいる。青く輝く真夏の海、長いオレンジロードを描く夕陽に照らされた秋の海、静かに眠るような冬の海……ここに住むようになってから毎日さまざまな海の顔を見てきたが、こんなに暗く淀んだ海は初めてだった。

部屋を出る前にもう一度電話機の方を振り返る。

三度目の呼び出し音はない。その声を、一番聞きたい時に聞けない。

それが自分の選んだ道だとわかっているのに、彼の声を渇望する自分が情けない。

彼の声を渇望することはそのまま彼の肉体を渇望することであり、彼の肉体を求めることは彼の心、彼の魂、彼の全てを欲することと同じだった。

雑念を振り払うように、有砂はフラットのドアを音を立てて閉めた。


サミュエル・ローと初めて出会ったのは、夫が勤務するパルプ専門商社の香港支店が主催する懇親会の会場だった。バブル最盛期の香港にはゆったりとしたゆとりと、どこか危うい華やかさ、贅沢さ、絢爛たる豪華さに満ちていた。強すぎるほど煌《きら》びやかな光源が作り出す翳には「中国返還」という逃れようのない宿命が常に付きまとってはいたのだが、人々はそれには目を向けず、束の間の享楽に身をゆだねて生きているように見えた。

有砂の夫の会社もバブルの恩恵にあやかってか、二カ月に一度ほどの割合で懇親会と称するパーティーを催していたのである。

中環《セントラル》地区の中心にある老舗ホテルのバンケットルームを借り切って催されたそのパーティーに、有砂は夫の同伴者ということ以外大した意味を見出せず出席していた。いつものことだったが。

そう、誰にも役割というものがある。生きていく以上その役割を放棄するわけにはいかないのだ。

夫が同僚や招待客らとの歓談に耽ってしまうと、有砂にはたちまち居場所がなくなった。ご婦人たちとのたわいない世間話や罪のない噂話に加わったりもしてみたが、バーに飲み物を取りに行くふりをして、有砂は人々の輪からそれとなく離れた。仕立て上がったばかりの絹《シルク》のチャイナドレスの深すぎるスリットを気にしつつ、バー・カウンターのハイスツールに浅く腰をかけるとドレスのスリットが割れ、形の良い太ももが露わになる。

「シンガポール・スリング」

オーダーすると、中国人のバーテンダーが「シュア」と短く答える。

その時、有砂の横で聞きなれない低い声がした。

「ここは香港じゃなくて、シンガポールなのかな？」

驚いて振り向くと、いつのまにか隣のスツールに見知らぬ男が一人座っていた。サファイアのように濃い青い目をしている。が、肌の色が白人のそれではなく、面立ちには東洋人特有のメランコリックな翳がある。

流暢な日本語だが、両親のどちらか一方がヨーロッパ人でもあるのか。

有砂が返事に窮していると、

「失礼。私は御社と共同で熱帯雨林の研究をしている者です」

そう言って男は名刺を差し出してきた。そこには端正なイタリック体で、こう書かれている。

Samuel Lo

「サミュエル・ローさん？」

「サミー、サムなどと呼ばれています。お見知りおきを」

「では、サミー。あなたの目はずいぶん青いのね」

我ながら陳腐かつ不躾な物言いだとは思ったが、絶妙な距離感を保ちながら相手の懐にするりと入って来る彼の天性の人懐っこさが、それを許してくれるだろうことを有砂は信じた。

「ああ、これ」

サミーは自らの両眼を人差し指で交互に指し示しながら、

「私の父は中国人ですが、母がイギリス人なんです。だから、僕のこの目は母譲り、黒い髪は父譲り」

「ということは、サミュエル・ローさんご自身が、今の香港を体現なさっているわけね」

「はは、ここは中国であって中国ではない。と言ってイギリスでもない。二年後に中国に返還されると知りつつ、目をつぶって束の間の自由を謳歌する幻の国。私もそうだといいんですが」

初対面の男に奇妙な親近感を覚えるのは、ラッフルズホテルを訪れる世界の文豪たちが愛した自慢のカクテルを一口飲んだせいなのか。

「黒髪に青い瞳の男が一番美しいって何かで読んだわ」

グラスで揺れる蠱惑的な赤い液体がいよいよ効いてきたようだ。有砂は普段ほとんど酒を飲まない。

「それを言うなら、黒髪に青い中国服《チャイナドレス》の女が一番美しい……でしょう？」

男の言葉は淀みない。人柄に生来の品が備わっているせいか、聞きようによっては気障《きざ》とも取れる台詞が心地よく女の耳に触れてくる。

「この広いホールの中で貴女《あなた》は青い炎のように目立っている。そんな色を纏《まと》う女性はどんな人なのだろうとずっと貴女を見ていました」

サミュエル・ローとは数週間後、浅水湾《リパルスベイ》のフランス料理店で偶然再会し、いくつかの経緯《いきさつ》の後、二人きりで時間を過ごす間柄に発展した。

「あの晩、君が着ていたブルーのチャイナドレスは圧巻だった。香港人《ヒョンゴンヤン》以上に似合う女性を初めて見たよ」

「私ではなく、私の服を好きになったの？」

サミーはそれには笑って答えず、

「ねえ、星の一生って知ってる？　この場合の星ってのは、太陽のような恒星のことだけど」

「星の一生？」

愛の気怠《けだる》さにしどけなく身を任せながら聞く有砂をサミーがもう一度強い力で抱き寄せる。

「星にはそれぞれ色があるだろう？　例えばオリオン座のベテルギウスは赤い星で、おおいぬ座の一等星シリウスは青い星だ」

サミーがしばしば口にするこういった類の話題は、いつも有砂を別世界へと連れて行ってくれる。

「恒星の色は表面温度によって決まるんだ。生まれたばかりの星は青、それから白、黄、オレンジと変化していって、最後には赤色巨星《せきしょくきょせい》と呼ばれる赤い色になる」

「それが何なの？」

「あの晩の君のドレスの青い色は、星が一番若い時の色だと思ってさ」

「あなたって、面白いこと言うのね」

これだ、こういうところに私は惹かれたのだ。それは夫の崇にはない部分でもあった。

「残念ながら、若いのはドレスの色だけよ」

自嘲するでもなく、諦観するでもない口調で有砂がつぶやくと、

「若い星はどんどん燃えて高温になり、青い炎を噴き上げて輝く。今の君と同じだよ」

自分を若いなどと思ったことはない。それどころか老女のように感じることさえあるのだった、サミーといると。

「じゃあ、あなたの青い目も若い星の色だわね」

当たり障りのない返事をし、有砂は目を閉じた。

こんな会話に何の意味もないことを有砂は知っている。人生は現実の繰り返しだからだ。エアコンの設定温度だったり、テレビの音量だったり、ゴミの分別だったり、今夜の献立だったり、学校行事だったり、気の進まないパーティーだったり……ベルトコンベヤーに載って次から次へと繰り出される現実を何とか解決して、新たな現実に立ち向かっていかなければならない。そして鏡に映る自分は毎日一ミリずつ年老いていく。

有砂の心の中を知る由もなく、サミーが再び現実から夢の世界へと彼女を誘《いざな》う。

「二人だけでどこか遠くへ行こうよ。誰も僕たちを知らない国へ。ヨーロッパは好き？スイスなんかどうかな。アルプス山脈の景色がきっと気分を良くしてくれるよ。なんなら南の無人島でもいい。誰もいない島で二人だけの王国を作ろう。君がクイーンで僕がキングだ。僕が椰子の葉で君の腰蓑を編んであげる」

有砂はサミーと登る切り立ったマッターホルンや、灼熱の太陽に焼けた半裸の王と王妃を想像する。

そんなのは夢物語だと思いながら、たった今味わった快楽の果実より甘いサミーの言葉に酔いしれ、琥珀色の肌と吸い込まれそうに青い目をした恋人の髪に、有砂は手を差し入れて愛しげにまさぐった。

愛とはいかに相手を気持ちよくさせるか、その気遣いではないか。

肉体と言葉の持つ力で恋人をこの世の桃源郷に連れ去ること、それが愛だ。

「ねぇ、ダメ？」

サミーが甘えるように有砂に言う。彼は彼女の一回り年下なのだった。

「無理よ。渚《なぎさ》がいるもの」

ここで子供を持ち出すのは卑怯なようだが、こう答えるしかない。

実際それが一番の理由でもあった。

「渚ちゃんも一緒に来ればいい」

なおも食い下がるサミーにそれ以上その話題を続ける気持ちはなく、代わりにもう一度二人してベッドの中の愉楽の島へ旅立つため、有砂は素早く熱く彼に挑んでいった。

※

母がサミーとどのくらい一緒にいたのか、正確なことはわかりません。

少なくともあの豪雨の日まではごく頻繁に会ってはいたはずです。

私がサミーに会ったことがあるか、ですか？

そうですね、確かあれは父がマレーシアに出張中の時でしたか。夜更けにふと目を覚ました私は、水を飲むため自分の部屋を出てキッチンへと向かったんです。

その途中、間接照明の灯りに仄《ほの》暗く照らされたリビングの一隅に一組の男女がいた。

いえ、何かしていたわけではありません。ただ二人でそこにいた、それだけです。

しかしそれは紛れもなく恋に全身全霊を捧げた男と女だった。

女は母、男はサミュエル・ローでした。

日本人とは明らかに違う、しかし西洋人のそれでもない、不思議に静謐《せいひつ》な佇まいが強く印象に残っています。

そしてゆっくりと私の方を振り返った端正なその顔に静かに輝く青い瞳。

その目に映っていたのは幼かった私ではなく、彼が愛した母でした。

一方、母はというと、愛する男と共にいる時にだけ女性が見せる揺るぎない信頼と情感に溢れ、一輪の鮮やかな南国の花のように圧倒的な存在感で咲き誇っていました。

ええ、あとにも先にも、あれほど美しい女性の表情を見たことはありません。

私は水も飲まず、即座に自分の部屋に戻りました。

なぜか見てはいけないものを見てしまったという意識はなかった。

喉はカラカラでしたが、それは水を飲まなかったからではない。

その時の母には、誰にも有無を言わせない威厳にも似た何かがあったと今でも思います。

サミーと母に対する嫌悪感も、その日もそれからも一度も持ったことはありません。

そしてその夜のことを、私は決して父には話さなかった。

二十五年前のあの記録的豪雨の日、香港島はかつてない被害に見舞われました。私たち家族が暮らす湾の背後に聳える切り立った崖が大雨によって崩れ落ちたのです。スクールバスで自宅に戻った私は窓越しに、轟々《ごうごう》と唸りを立てて棕櫚《しゅろ》などの熱帯性樹木を根こそぎ巻き込みながらものすごいスピードで斜面を滑り落ちていく土砂を、息を呑んで見守っていました。

地獄絵と言うより、見たことのない珍しいものを見るような奇妙な感覚だった。土砂崩れに巻き込まれて生き埋めになった者も何人か出ました。

しかしそんな中、無言で私を抱きしめていた母が何よりも待ちわびていたのは、サミーからのたった一本の電話だったことも子供心に知っていたのです。

「私は無事よ」

母はどんなにそれを彼に伝えたかったか。

その一方、父もまた中環地区の勤務先から命懸けで我が家へと戻ってくるところでした。あちこちで崖崩れや道路の冠水があり途中の道も閉鎖された状況の中で、でき得る限りの交通手段と自らの足を使い、妻と子が待つ場所へと父は五時間以上もかけて歩いて帰ってきたのです。

フラットのチャイムが鳴り、ドアを開けると、立っていたのは泥だらけで微笑む父の姿でした。

その瞬間、母と私は同時に父に抱きつき、三人は泣きながらお互いを決して離すまいとしばらくそのまま動かなかった。

父の服についた泥や雨水が母の衣服を容赦なく汚しているというのに、母は構うことはありませんでした。

美しいものを何より好み、いつもお洒落に気を遣っていたあの母が、です。

共に生きるということは、時には泥や汚れも一緒にかぶることだ。

母が覚悟を決めた瞬間でした。その日を境に母はサミーと会うことをやめたのです。

生きるか死ぬかの瀬戸際に命懸けで自分の元に戻ってきた男、夫《おっと》。立場上無理だとはいえ電話一本かけてこなかった男、愛人《あいじん》（実はサミーにはそうできないのっぴきならない事情があったのでしたが）、どちらを選ぶかは明白だったのでしょう。

やがて香港駐在を終え、帰国した私たちには日本での平穏な日々が待っていました。

父の仕事は多忙を極め、母と私は二人で過ごすことが多かった。

そんな中で、香港での燃えるような恋の日々を母はすっかり忘れたように見えました。

日本に帰ってきてからは、良き妻、良き母として毎日を丁寧に過ごす姿しか私の記憶には残っていません。

ああ、でもただ一度だけ……そう、一度だけ母の心の奥を見たような気がした時がありました。

熱帯雨林を含む大規模な森林伐採によって生態系が破壊され、動植物の絶滅危惧種が増加しているとの特別番組がテレビ放映されたことがあり、母がその画面に食い入るように見入っていたことがあった。

その番組に解説者として出演していた男性は、サミュエル・ロー博士その人でした。


返還前の香港は「借り物の時間、借り物の場所」と呼ばれていました。

いつかは中国の傘下に戻る宿命を背負った期間限定の南の楽園、そこで生まれた恋もまたいつかは終わる運命だったと母は捉えていたのかもしれない。私の勝手な憶測ですが。

亡くなる間際、かすかな声で母がつぶやいた最期の言葉を私は終生忘れません。

「寒い……」

言葉の意味をそのまま受け取り、私はこの世での命の火を消そうとしている母に毛布をそっとかけ直してあげたのです。が、あれは「寒い」ではなく「サミー」あるいは「サム」だったのでは……と、あとになって考えるようになりました。

父亡きあともサミーについては一言も語ることなく、まさに墓場まで秘密を持っていった母が、生涯で最も愛していたのはやはりサミーだった。母は恋を忘れたわけでも、まして恋を葬ったわけでもなかったのです。

青いチャイナドレスを着た女とサファイアのような目の男……母の中でそれは永遠に若い星のように輝いていました。心の奥に鍵をかけてしまい込み、他の誰にも触れさせることなく秘めていたからこそ母の恋は死ぬまで色褪せることなく生き続けた。ええ、母が死んでからも……です。

今までの人生で私はたくさんの女性に会い、そして見てきた。しかしいまだかつて母を超える女性の美しさに出会ったことがない。こんなこと言うとマザコンと思われるんだろうし、別れた二人の妻や数多《あまた》の元カノたちに袋叩きにされるかもしれないけど（笑）。が、私の原点が母であることは間違いありません。

命を懸けて恋に生きる女性の顔を、その生きざまを、いつかスクリーンに再現するのだという熱い思いが、僕を映画製作の道へと駆り立てていったのです。

（根津《ねづ》渚《なぎさ》監督・談）

＊＊＊

一九八二年、フォークランド紛争での勝利を引っ提げ、鄧小平《とうしょうへい》国家主席との交渉現場に意気揚々と臨んだ時の英首相マーガレット・サッチャーは、当初新界《ニューテリトリ》のみを中国に返還し、九龍半島と香港島は手元に置くつもりであった。

しかしサッチャーが提示した「一国二制度の百年間据え置き」に対し、鄧小平は十年を提案。サッチャーが渋ると鄧小平は「十五年」「三十年」と小刻みにその期間を変更し、さらには一国二制度の対象区域を九龍および香港島にまで拡大させるなど、終始サッチャーを翻弄した。

結果、間《あいだ》を取る形で「一国二制度」は九龍と香港島を含み五十年間維持されることになった香港返還協定だったが、鄧小平の巧みな交渉術に疲弊したサッチャーは交渉終了後の階段で転倒するという失態を演じ、「鉄の女のつまずき」として揶揄された。

一九九七年七月一日の香港返還を見ることなく、鄧小平は同年二月に九十二歳で死去。マーガレット・サッチャーは晩年、長きにわたって認知症に苦しみ、二〇一三年八十七歳で死去している。

東洋と西洋が入り交じるエキゾチックな街並み、タックス・ヘイブンとバブルの好景気に沸いた美食の都。自由と栄光に満ち、東洋の真珠と謳われた憧れの場所・香港は、返還から二十三年経った今、サッチャーが死守した協定さえも崩壊しようとしている。各地で反対デモが相次ぎ、流血騒動や大量の逮捕者が続出、二〇二〇年の現在、香港にかつての輝きはもうない。

●私が戦わなかった日は一日としてない（マーガレット・サッチャー）

●白猫であれ黒猫であれ、ネズミを捕らえられる猫はいい猫だ（鄧小平）

Episode 6

イット・レインズ・キャッツ＆ドッグス

マンションの扉を開けると、玄関先に夫の靴が無造作に脱ぎ捨てられていた。

「あれっ、耕《こう》ちゃん、もう戻ってる。今日は早かったんだ」

多佳子《たかこ》は独りごち、夫の黒い革靴を三和土《たたき》の中央に表向きに揃えて置いた。

「帰っているの？」

多佳子はベージュのダッフルコートを玄関のコートかけにかけながら、室内に向けて声を放つが、耕司《こうじ》の返事はない。

わずかな引っかかりを感じながらリビングに入ったが、案の定そこに夫の姿はない。

「二階かしら」

取り敢えずバッグだけ対面キッチンのカウンターに置き二階へ行こうとしたが、ふと思い返して多佳子はバッグを再び取り上げた。多佳子の私物がリビングにあることを、耕司は極端に嫌うのだ。

結婚したての頃、多佳子は夫と自分の持ち物が混然と部屋の中に交じり合っている景色を見るのが好きだった。これから一緒に生きていく二人が、一人ずつ別々だった時にそれぞれ使ってきた物たちがいっしょくたに融合し調和（と言えるかどうかはわからないが）していく様子は、多佳子が思い描いていた結婚生活そのものだったからだ。

最初の頃こそ耕司は何も言わなかった。が、半年も経たないうちに多佳子の私物が夫婦の共有エリアに置いてあることに不満を言うようになった。

「自分の物は自分の部屋に持っていってくれよ。他人《ひと》の持ち物が視界に入るとイラっと来るんだよね」

仮にも夫に、妻である自分の物を「他人《ひと》の物」と言われて多佳子は驚いたが、きっと耕司はものすごく綺麗好きなのだろう、自分が大雑把なのだろうと思い直し、それ以降なるべく自分の物をリビングに放置しないよう心掛けてきた。

リビングだけではない。バスルームの脱衣籠に入れた多佳子の下着にさえ、耕司は文句を言った。

「俺の目のつくところにこんなもの置くなって」

まるで汚いものでも見るような目で脱いだ下着を一瞥され、多佳子は顔から火が出る思いだった。

友人の早苗《さなえ》に、一度このことをさりげなく話したことがある。

「耕ちゃん、私の物が目につくところにあるの嫌がるんだよね」

ランチのパスタを頬張りながら、早苗は、えっ？　というふうに顔を上げ、

「多佳子の物って、たとえば？」

と聞いてきた。

「何でもよ。私のバッグ、私の化粧品、私の服……私の、下着」

たとえ同性の友人にさえも下着と言うのには気が引けたが、早苗に自分たちの結婚生活の実情を知ってもらうには包み隠さず打ち明けるしかない。

「結婚したんだから、夫婦二人の物が家の中にあるのは当然だとは思うけどね。耕ちゃん、もしかして少し潔癖性？」

「早苗のところはそんなことない？」

「ないない、全然ない」

早苗は笑いながら、

「服やバッグどころか、髪を巻くカーラーや生理用品、いわゆる女の舞台裏用品がそこら中に散らばってたって、ウチのは何も言わないよ。お姉さん二人と妹さんに囲まれて、女の中で育ったせいもあるかもだけど」

黙ってしまった多佳子に、

「でもさ、荷物を見えないところにしまうだけで耕ちゃんが機嫌良くしていてくれるんだったら、簡単なことじゃない？」

そう言われるとそんな気もする。ともかく夫婦関係の違和感を他人に説明するのは難しい。

二階に上がると、耕司の部屋のドアがきっちりと閉まっていた。

「耕ちゃん、いるの？」

問いかけながらドアを開けると、薄暗い部屋の中央に置かれたベッドに耕司が横たわっている。

「腹痛《はらいた》だ」

「どうしたの？」

苦しそうな呻き声から、その痛みが尋常でないことが察せられる。

「腹痛？　すごく痛むの？」

多佳子が慌ててベッドに近寄ると、耕司が「いいから」と言うように手で制止し、

「それより胃腸薬を買ってきてくれないか。我慢できないんだ」

「薬箱の中に買い置きがなかったかしら？」

多佳子が立ち上がると、

「なかったから言ってるんだ」

耕司の声が荒くなる。

「ごめん、すぐに行ってくるわ。少し待ってて」

「それから」

多佳子が部屋を出ようとすると、耕司の声が背中越しに響いた。

「次から入る時はノックしてくれ」


今脱いだばかりのコートを手に取り、多佳子は再び表に出た。

じき降りだしそうだと思っていた雨が、予想通りポツポツと落ちてきている。

多佳子は傘を広げ、今帰ってきたばかりの道を引き返して通りに出た。

十二月にしては暖かいが、雨のせいか急に気温が下がったように感じられる。

「寒いわ」

思わずそう言ってから多佳子は自分の言葉に驚いた。

多佳子は元々感情を口に出すことが少ない。嬉しい、美味しい、面白い、悲しい、悔しい……それらを十分に感じてはいても、いざ表現するとなるとうまく行かないのだ。もどかしさと共に、多佳子はついつい自分の感情を呑み込んでしまう。

「君って形容詞が少ない女《ひと》だね」

付き合い始めた頃、耕司は多佳子の顔を見つめながらそう評した。

もっと思ったことを率直に述べた方がいいのだろうか？　感情をうまく伝えられない自分を耕司は物足りなく思っているのでは……。

多佳子が不安に駆られていると、

「俺はそういう女が好きだ。今まで付き合った女たちは皆、うるさいくらい感情を迸らせてきたからね。メールが少なくて寂しい、ここの店の料理はまずい、会社の上司がウザいとね」

その時の耕司の笑顔と、自分を抱きしめてくれた思いがけない腕の強さは今でもしばしば多佳子の胸を甘くうずかせた。


ササキ薬局は歩いて二十分ほどの距離にある。小さな個人の薬局だが、何でもあるし店主も愛想が良い。耕司の胃腸薬もすぐに調達できるはずだ。

歩くにつれ、雨足は多佳子を追い立てるように強まってきた。見る間に多佳子のフェイクスエードのフラットシューズに雨が染み込んでくる。

通りを渡って右に曲がると、果たしてササキ薬局にはシャッターが下りていた。

「都合により五時にて閉店いたします」との張り紙が貼ってある。

落胆は大きかった。雨の中ようやく辿り着いたと思ったのに。

耕司が痛みに顔をしかめる表情が目に浮かんだ。しかしたとえ苦痛に歪んでいたとしても、夫はどんな時にも美しかったが。

「駅ビルのドラッグストアに行くしかないわ」

多佳子は意を決し、駅へと歩みを速めた。

駅前再開発の流れで、多佳子の住むT駅も見事な複合ビルに生まれ変わっている。三階建ての瀟洒な建物内のアーケードには、都心で人気のレストランやカフェが立ち並び、流行のファッションが買える店やフィットネスクラブ、小さな映画館まで入っていた。

お目当ての大型ドラッグストアもその一隅にある。多佳子は店内へと足を踏み入れた。

「いらっしゃいませ」

スタッフがにこやかに笑顔を向ける。

「処方箋ですか？」

「いえ、胃腸薬を」

「でしたら、A列の5番の棚にございます」

客の探し物がすぐに見つかるように項目ごとにわかりやすく場所を表示しているようだ。

多佳子は言われるままに胃腸薬のコーナーへとまっすぐ向かった。

店内の時計はすでに七時半近くを示している。

家を出たのが六時過ぎだったから、もう一時間以上経ってしまった。ササキ薬局が閉まっていたせいで思わぬロスを食ってしまった。まっすぐ駅に来ていたら、今頃はもう帰宅できていたかもしれない。

「薬一つ買うのにいったい何時間かかるんだよ」

多佳子が戻ったら夫はきっとそう言うだろう。

「早くしなくちゃ」

だが、胃腸薬と言っても、さまざまな種類がある。多佳子は先ほどのスタッフを呼ぶことにした。薬剤師の資格を示す名札を首から下げていたから的確な薬を提示してくれるに違いない。

「どんな症状でいらっしゃいますか?」

「私ではないんですが、夫が腹痛を訴えていて……」

「胃ですか? 腸でしょうか?」

「さあ、とにかく胃腸薬を買ってきてくれと」

薬剤師は少し間を置いてから、

「一口に胃腸薬と申しましても、胃痛にピンポイントで効くもの、腸によりよく効くものといろいろございまして」

こんなところで薬の蘊蓄《うんちく》を聞いている場合ではない、一刻も早く家に戻らなければ。

しかしその思いとは裏腹に、多佳子はこう聞いていた。

「やはり胃と腸、それぞれに特化しているお薬の方が即効性も効き目もあるんでしょうね?」

薬剤師は自らの専門分野の知識を披露するチャンスを与えられたとばかり、嬉々として薬の説明を始めた。

多佳子が薬局を出たのは八時を回ったところだった。

レジでポイントカードの発行を勧められ、その説明を聞いて中込書に記入などしていたので、そこでまた時間がかかってしまった。

「早く帰らなくちゃ」

焦る気持ちで駅ビルを出ようとした時、ある看板が多佳子の目に留まった。

日本映画協会アカデミー最優秀主演女優賞受賞！
円城寺舞子主演　霧雨に消えて
本日最終日！

特別にファンというわけではない。が、何かの雑誌で円城寺舞子が自分と同い年であることを知り、それから何となく舞子の出るドラマや映画を観るようになってはいた。

つい先だって発表された日本映画協会のアカデミー賞で、無冠の美人女優と揶揄され続けた舞子が「霧雨に消えて」で最優秀主演女優賞を獲得したことも知っている。テレビ画面にはシンプルな黒いロングドレスを纏った舞子が受賞スピーチをしている様子が映し出されていた。

音楽や映画などエンターテインメントの類いには全く興味を持たない耕司が、画面の「最優秀主演女優賞　円城寺舞子（39）」の文字だけを見て、

「へえ、円城寺舞子ってお前と同じ年なんだ」

とポツリと言った。

「えらい違いだな、少しは見習ったら？」

もちろん、夫はからかっただけだ。

それに夫に指摘されるまでもなく、円城寺舞子と自分が雲泥の差であることは火を見るよりも明らかである。いちいち気にする方がおかしい。

しかし見習うべき点は確かにあるのだろう。

足元にも及ばない相手ではあるが、何かしら学ぶところが見つかるかもしれない。映画を観れば、それがつかめるのかもしれない。

いつのまにか多佳子は駅ビル内にオープンしたばかりの単館シネマの前に来ていた。

ちょうど今から始まる八時三十分からの最終上映に間に合う。

今しがた買ったばかりの夫のための胃腸薬をバッグの中で弄《もてあそ》びながら、チケット購入ブースで多佳子は言った。

「大人一枚」

映画館を出ると、外は土砂降りだった。

時計はきっかり十時三十分を示している。長針と短針の作る鈍角の角度が、なぜか「後戻りできない角度」に多佳子には見えた。薬を買いに家を出てから、四時間半も経ってしまっている。

多佳子のスマホには、耕司からの数えきれないほどの着信履歴が残されているだろう。どうしよう？？？

もちろん、これから私は自宅に戻り、耕司に薬を渡すのだ。

ササキ薬局が閉まっていて駅まで行かざるを得なかったこと、薬剤師の勧めに従い最も効き目の良い薬を探していたこと、ポイントカード発行の手続きに時間を要したこと、つい映画館に立ち寄ってしまったこと。

ああ、でも耕司はきっとこう言うだろう。

「俺が腹痛で苦しんでるっていうのに、暢気に映画観てきたっていうの？　あり得ないんだけど」

数えきれないほど見てきた耕司の不機嫌な顔。それを今夜もまた見なければならないのだ。

それは心底憂鬱なことだった、いくらどんな時にも美しい夫の顔でも。

「もちろん、私はこれから家に戻る。家に戻って、お薬とお水を耕ちゃんに渡して、なんなら湯タンポを用意してベッドの足元に入れてあげよう。痛む箇所を温めるのは有効だもの」

しかし本当に、やるべきことはそれしかないのか？

たとえば「このまま家に帰らない」という選択肢はないのか？

「まさか。耕ちゃんを見捨てるなんてできない。私は彼の妻なのよ」

が、妻として尊重され、妻として扱われ、妻として愛されたことが果たして一度でもあっただろうか。

「そんなことないわ、一度もなかった、なんてことは」

今は映画を観たせいで、一時的に感傷的になっているだけ。

「耕ちゃんの腹痛が治れば今まで通り穏やかな日々が戻ってくるわ。十二年も続いた結婚生活だもの。楽しいこともいっぱいあったし、これからだってあるはずよ。それを手放すなんて」

思い直して駅ビルを出ようとした時、多佳子の足は止まった。

まるでバケツをひっくり返したような雨のすごさに、電車から降りてきたばかりの乗客たちも立ち往生している。

金曜の夜のせいか思った以上に人が多い。ある者は携帯電話で家族に迎え車の要請をし、ある者はタクシー乗り場の長蛇の列に並び、ある者は小降りになるまでの雨宿りを決め込み、スタンドのコーヒーを飲んでいる。

ふと学生時代に習った英語のフレーズが頭に浮かんだ。

「土砂降りの雨って、英語でイット・レインズ・キャッツ・アンド・ドッグスっていうんだった」

これほど面白い慣用句はない。大雨の比喩に犬や猫だなんて。

しかし実際、世界ではさまざまな「おかしな物」が空から降ってきた記録があるらしい。大量のイナゴやミミズ、ナマズが観測されたことも、あろうことか生きた人間が落ちてきたことさえ確認されている（もちろん即死ではあったが）。

「ラストシーンでカエルが降ってくるアメリカ映画もあったわ」

天才少年クイズ王、セックスのカリスマ教祖、父親に性的虐待を受けたドラッグ漬けの女性、死にゆく夫を見守る財産目当てで結婚した後妻……彼らの人生に欠けていたもの（それは愛だと多佳子は思っている）を暴き出しながら、なんと最後は空から突然大量のカエルが落ちてくるのだ。

要するにどんなことでも起こり得るってことだわ。

しかし多佳子にわからなかったのは、「自分にも選択肢があるのかどうか」という点だった。

こんな話がある。

トロイア戦争に勝利し、妻ペネロペの待つ故郷へ意気揚々と船を走らせる英雄オデュッセウスの前に、戦争以上の苦難が次々と立ちはだかる。知将として名高い彼が行く先々で出くわすさまざまな困難（彼は冥界にまで行く羽目にもなる）を克服してようやく妻の元へ戻ったのは、何と戦争が終結してから十年後だったという。

これがギリシアの吟遊詩人ホメロスが著したといわれる『オデュッセイア』だが、後世の心理学者が興味深い解釈をしている。

「オデュッセウスの前にたくさんの困難が現れたのは、オデュッセウス本人が望んだことであった。さまざまな障害は彼の潜在意識が呼び寄せたことで、彼は本当は故郷に帰りたくなかったし、ペネロペにも会いたくなかった。だからいろいろなトラブルに見舞われ、それを解決するために時間を費やすことで帰還を無意識に遅らせたのだ」と。

私も帰りたくないのだろうか？

時計の音と雨音が完全にシンクロしている。雨音の数だけ秒針が進んでいく。

「もう少しだけ、雨が弱まるまでここにいよう」

多佳子は今観たばかりの「霧雨に消えて」についてぼんやりと思いを馳せる。

円城寺舞子が演じる主人公は凄腕の国際エージェントという立場を捨て、ターゲットとして近づいた敵の男と共に生きる道を選ぶ。ラストシーンで見せた舞子の女としての魂の叫びには心揺さぶられるものがあった。

「誰が悪いのでもない。見なければいけないものに見て見ぬふりをし続け、知るべきものを知らないままにしてきた私が悪いのだ。見なくてはいけないもの、知るべきもの、それは私の心なのだ」

見るべきだろうか、知るべきだろうか？　私も、私の心の奥底を。

耕司が悪いのではない、私が悪いのだ。耕司と一緒にいたらこれ以上自分を保てない、自分がどこかに消えてしまう、これ以上はもう無理だと知りながら、そのことに蓋をして放置してきた私こそが。

もう帰れない。

いや、帰らない。

そう、私は今、土砂降りの中に消えよう。

人影もまばらになった夜の駅に、ようやく自分自身を取り戻した一人の女が晴れやかに立ち尽くしていた。

Episode 7

雨上がりの飛翔《たびだち》

碧《みどり》が住むアパートの三軒先にある広大な敷地に、千葉さんの二世帯住宅の新築工事が終了したのはつい半月前のことである。

白い煉瓦《れんが》で覆われた三階建ての瀟洒な豪邸は、いつもその前を通る碧の憧れであった。

「千葉さんのおうちって、まさに白亜の殿堂って感じよね」

賛辞を惜しまない碧に、夫の慶彦《よしひこ》が、

「俺たちも将来あんな家を建てるか」

と冗談とも本気とも取れぬ笑顔で言う。

「ママ〜この服やだ〜」

四歳になる一人娘の美里《みさと》が服装に関する恒例のダメ出しをしてきた。

「え〜、だってみーちゃん、昨日はこの服でいいって言ったじゃない」

「やだやだ、これ着ない」

碧は溜息をつきながら、美里の小さな洋服簞笥の引き出しを開け、別の服をいくつか見繕う。

「俺、先に出るわ」

慶彦が美里にバイバイと手を振って玄関を出ていく。

「パパ、いってらっしゃい」

碧が新しく揃えた服が気に入ったのか、大人しく着替え始めた美里が慶彦に応える。

「いってらっしゃい」は「ありがとう」「ごめんなさい」の次に、碧が美里に教えた挨拶である。「おかえりなさい」も教えたのだが、慶彦が帰宅する時間帯に美里は寝ていることがほとんどで、使わないうちに廃《すた》れてしまった。

最も身近な家族に対して、キチンとした礼儀と敬意を払える子になってほしいというのが碧の一番の願いである。挨拶はその第一歩だと思っていた。

「ほらほら、早くして。遅れちゃうよ」

碧はリビングの時計をちらっと見て美里を促す。いつもと変わらぬ朝の風景だ。

美里を近くの保育園まで預けに行き、そのまま勤務先のＤＶＤのレンタルショップへと向かう。自転車なので雨の日は大変なのだが、幸い今日の予報は終日曇り、降ったとしても雨合羽《あまがっぱ》と雨避けカバーで何とかなりそうだ。

「ママ、みー、長靴やだ！」

「今日は雨降らないから普通の靴でいいわよ」

美里がお気に入りの靴を出し、自分で履こうと懸命に試みている。
このところ何でも自分でやらないと気が済まない。
その日に着ていく服にしろ、靴の脱ぎ履きにしろ、母親である自分が全部手を出してい
た頃の方が逆に楽だったと思うこともあるが、人はこうして自我が芽生え自立していくの
だろうと納得もしている。
「さあ、行くわよ」
身支度が済んだ美里の手を引いて、碧は外へ出た。
梅雨時特有の、もわっとした湿気を孕《はら》んだ空気がまとわりついてくる。
美里を自転車の前のチャイルドシートに乗せ、よいしょというかけ声と共に漕ぎ出すと、
今日も一日が始まったという実感が湧いてきた。
——二年前、順番待ち三番でエントリーしていたので、まず無理だろう、一番目、二番
目の人が辞退するか引っ越すかでもなければ、このあたりで一番人気の「めぐみ保育園」
に入園は難しいと碧は思っていた。
が、美里と共に見学に訪れた際、広々とした園庭と年間通して水泳が楽しめる室内プー
ル、さらには併設された武道館など充実した施設に碧はいっぺんに惹きつけられた。何よ
り美里本人が気に入って、見学時間が過ぎても遊具で遊ぶと言って帰ろうとしなかったこ
とが一番の決め手になった。

何とか運が巡ってくれてどうかめぐみ保育園に入れますように……この切なる願いが夫の慶彦と完全に一致していたとは言い難い。子供に関する温度差はいつも母親の方が少しだけ高いものだ。

ジメジメした六月の空気はうっとうしいが、それでも自転車で走ると初夏の風が心地よい。

例の千葉さん宅の前を通ると、親世代の奥さんが割烹着姿で庭木の剪定をしていた。

「おはようございます」

碧が自転車を漕ぎながら声をかけると、

「おはようございます。いってらっしゃい。美里ちゃん、今日もお洒落さんだねぇ」

と千葉さんも返してくれる。

アパート住まいの碧はマリーゴールドや姫ヒマワリの鉢植えをベランダに置くくらいで精いっぱいだが、いつか一戸建てを持つ日が来たら、好きな花を好きなだけ庭に植えてみたい。丹精込めた花々を眺めながら白いガーデンテーブルでゆっくり紅茶を飲む……それが碧の夢だった。

めぐみ保育園に着いて美里を自転車から降ろすと、美里は脇目も振らず友達のところへと走っていく。自分と離れるのが嫌で毎朝泣いていた一年前が嘘のようだ。寂しい気持ちもないではないが、後ろ髪を引かれることなく仕事に向かえるようになったことはやはり助かる。

碧の勤めるレンタルビデオショップは最近リニューアルした駅ビルの中にあった。

かつては飛ぶ鳥を落とす勢いだったレンタルショップも、ネット配信などの影響からか、このところめっきり客足が減ってきている。

「去年の暮れくらいまでは問題なかったんだけどなぁ」

社長の茂木《もぎ》が溜息をつく。

駅ビルの中にあり立地条件は良いはずだったが、その分家賃も安くはないようだ。

「手前の映画館に客を取られちゃったかなぁ」

駅ビルに新しく入った単館シネマでは最新のロードショーだけでなく古いリバイバル映画なども上映され、経営者のセンスが光る作品選びが好評だ。

先週まで懐かしの洋画特集ということで「ローマの休日」や「ひまわり」など往年の名作が上映されていたが、今は円城寺舞子主演の「霧雨に消えて」が上映中である。

「映画館で観るのとDVD借りて家で観るのは別腹《べつばら》だよね」

「ウチに辿り着く前に、映画館で満足しちゃうんでしょうかね。やっぱり大画面はいいよね、みたいに」

そう言う碧も近々、火曜日が定休の慶彦と休みを合わせて、「霧雨に消えて」を観る予定にしている。

「ちょっと、安西《あんざい》さん来たわよ」

この店で一番長い年配スタッフの田丸《たまる》さんが碧に耳打ちしてきた。

安西と呼ばれた車椅子の老人は、まっすぐにアダルトビデオコーナーへと進んでいく。

「今日もたんまり借りてく気かな」

「いいお客さんではありますよね。二日に一度のペースで来店して毎回十本以上借りてくれるんだから」

「DVD鑑賞が一番の楽しみなんだろうね」

ここに来るまで、レンタルショップの仕事とは単にDVDをお客に貸し出し、それを返してもらうだけだと碧は思っていた。

が、人に接する仕事である以上、そこにはさまざまな出来事が絡んでくる。

お薦めの作品はどれか、あの作品のレンタル開始日はいつか、などの質問に始まって、希望のCDやDVDが置いていない、陳列がわかりにくい、店員の態度が悪いなどの苦情、果ては返却期日を過ぎた客からの延長料金を免除してほしいとの理不尽な要求まで、毎日ありとあらゆることが待ち受けている。

しつこいクレームに嫌になることもたびたびあったが、それでもこの仕事を続けているのは、何よりも映画が好きだからである。同じ時間を拘束されるなら好きなものに囲まれていたい。

それに碧が薦めた一本に、

「この間薦めて下さったこれ、すごく面白かったです」

などと鑑賞後の感想を言ってくるお客もいて、そんな時は嬉しさと共にやり甲斐を感じる。

スタッフもお客も映画好きな者たちの集まりで、それが独特の居心地の良さを生み出しているのかもしれなかった。


二時までのシフトが終わり、保育園に美里を迎えに行く。

近く行われる夏の発表会の準備と練習に、園児たちも先生たちも忙しそうだ。

「発表会の歌、全部覚えたよ」

歌の好きな美里は、自転車のチャイルドシートに乗っている間中、「てるてる坊主」の歌を歌っている。

昔ながらの童謡がこうして歌い継がれていくのは好ましい。

千葉さん宅の前を通りかかると、朝と同じように奥さんが庭木の手入れをしていた。

「こんにちは」

「こんにちは。やだ、もうこんな時間？　美里ちゃんは保育園に行ってお勉強してきたっていうのに、こっちは相変わらずの庭仕事」

「お庭の手入れ、大変そうですね」

碧が自転車から降りて労《ねぎら》うと、

「ミカンの木にアゲハ蝶が卵を産み付けちゃって大変なのよ」

と千葉さんが答える。

「アゲハ蝶が？」

「そう、アゲハ蝶って山椒やミカンの葉に産卵するの。ほら、見て見て」

千葉さんが手を休めてミカンの葉を碧に見せると、好奇心旺盛な美里も自転車から下ろしてくれとせがむ。

「この小さいのがアゲハ蝶の卵よ」

見ると直径一ミリほどの黄色い小さな卵が1個葉裏についている。

「これをちゃんと取り除いておかないと、幼虫にミカンの葉を食い荒らされて穴だらけになっちゃうの」

「ちょっと気持ち悪いですね」

碧が顔をしかめると、

「みーちゃん、全然気持ち悪くないよ。だってチョウチョがここから出てくるんでしょ」

美里が胸を張る。

「すぐにチョウチョが出てくるわけじゃないのよ。まずここから幼虫が出てきて、それがサナギになって」

昔習ったチョウの孵化《ふか》変態の知識を思い出しながら説明する碧に、

「飼ってみたい！」

と美里が顔を輝かせる。

「芋虫になるんだよ。大丈夫？」

「飼う、飼う」

言い出したら聞かない美里の気性は誰よりも碧が知っている。

「じゃあ、あとで箱に入れて持ってってあげるわよ。アゲハ蝶の卵をお裾分けなんて、何だか悪いみたいだけど」

笑う千葉さんに、

「わあい、わあい、アゲハ蝶の卵」

と、美里は大喜びだ。


「へえ、アゲハ蝶の卵？　美里の教育にもってこいじゃないか」

自宅で生き物を育てることにあまり積極的ではなかった慶彦だが、美里が生まれてからは激変、縁日の金魚に始まり、メダカ、カメ、カマキリ、カブトムシなど、さまざまな生き物がこの家の住人になっていった。

美里を育てていくうちに、どうやら慶彦の中に「育《はぐく》む」という概念が芽生えたようである。元来、母性が女の中に先天的に備わっている要素なら、父性は子供が出来てから、いわば後天的に男に加味される要素なのかもしれない。

慶彦がホームセンターで買い求めてきた飼育箱に千葉さんから譲り受けた蝶の卵を入れ、恩田《おんだ》家のアゲハ蝶飼育が始まった。千葉さんが「アゲハさんのゴハン用に」と言ってミカンの枝まで分けてくれたので、透明の箱に深さ五センチほど入れた土にさして小さなミカンの林に見立てる。

卵は本当に小さく、この中から本当にアゲハ蝶が巣立つのか信じられない。

卵から幼虫が生まれ出たのは比較的すぐである。初めは黒い動くゴミのようなごく目立たない姿をしている。

「幼虫が小さいうちは鳥に食べられないように、しばらくは鳥の糞《ふん》に似せた色と形をしてるんだってさ。体にトゲもあるから、触ったりしちゃダメだよ」

慶彦がネットで調べた知識を得意げに披露すると、美里も父親の言うことを神妙な顔つきで聞いている。

「何だか思っていた幼虫とは違うわねえ。黄緑色の芋虫みたいなのを想像してたから」

黒く小さく、グニグニ動くそれを見て美里も、

「イモムシ、イモムシ」

と騒いでいる。

「何度か脱皮を繰り返してから、緑色の芋虫になるようだよ」

美里は毎日保育園から帰ってくるなり、

「イモムシ、どうなったかな」

と飼育箱を確認するようになった。

幼虫の食欲は旺盛でミカンの葉をあっという間に平らげてしまう。小さな体に生命力が漲《みなぎ》っている。

食欲と完全な比例曲線を描きながら、幼虫は脱皮を繰り返してどんどん成長し、ようやく黄緑色の芋虫に変身した。米粒のように小さかった体も四～五センチに大きくなっている。頭デッカチで、顔のような黒い模様まであるその姿はコミカルでもある。

「わあ、ミドリの怪獣みたい！」

「いよいよサナギになるのかしら？」

美里につられて碧まで子供のように盛り上がってしまう。こんな興奮は久しぶりだ。

数日後、小さな緑色の怪獣は何かを決意したようにある場所で動かなくなった。

「落っこちたりしないように、一番安全な場所を選んでいたのね」

「小さな頭でちゃんと考えているんだなあ」

美里のためにと始めたアゲハ蝶の飼育だったが、今や碧と慶彦の方が美里以上に夢中になっている。

「卵から幼虫、幼虫からサナギ、そして成虫になるまでの過程をこいつはたった一人でこなすんだよな、ある意味人間よりすごいよ」

慶彦が感心したように言う。

次の朝起きた時、彼女《チョウ》はすでにサナギに変身していた。

「これからはしばらくサナギのままのようだよ」

慶彦が言う。

「どのくらいの期間サナギでいるのかしら？」

「十日から二週間と書いてあるけど、個体差もあるみたいだ」

いつ蝶になって飛び立つのか、気が気ではない。

碧もパートのない日には付きっ切りでサナギの飼育箱を眺めるようになってしまっている。

「ママ、まだチョウチョ出てこなかった？」

美里も毎日のように碧に聞いてくる。

そして梅雨明け宣言がなされた朝、サナギの様子の変化に気づいたのは慶彦だった。

「おい、何か動いてるぞ」

「えっ、ホント?」

碧も慌てて玄関に駆け付ける。

美里を保育園に送り、今日はこれから慶彦と一緒に駅ビルの映画館に「霧雨に消えて」を観に行くことになっているのだ。

「これからチョウになるのかしら」

「アッ、羽みたいなのが出てきた!」

慶彦が声を上げる。息を呑んで碧も見守る。

畳まれていた羽を広げ、体を少しずつサナギの外へと押し出し、さらにもう一枚の羽を広げ、スローモーションの映画のように、美しい女王はゆっくりとその全身を現した。

サナギという狭い部屋の中でどうやってこの完璧な羽を形作ったというのか。神の存在の有無に論議はあるだろうが、創造主というものなら間違いなく存在すると碧は思う。

この世のあらゆる「美」には、何者かの意図を感じるからだ。

「映画、どうする?」

「映画なんていつでも観れるだろ。これを逃したら、一生アゲハ蝶の孵化は見られないかもしれないぞ」

確かにそうだ。このドラマはある意味映画以上かもしれない。しかもライブなのだ。

神々しいまでの美しさを誇示するように、蝶はひととき若い夫婦の前で自らの最終的な姿を見せつける。幼虫やサナギは仮の姿だったと言わんばかりだ。

しばらくの間、アゲハ蝶は二人の前でワンマンショーを繰り広げたあと、突然思い立ったように大きく羽ばたいて一気に窓の外へと飛び立った。

「うわあ！」

慶彦が聞いたこともないような大きな声を上げて驚いてみせる。

醜いアヒルの子が白鳥になったんだわ……。

サナギからアゲハ蝶が飛び立つ瞬間を目撃したのは碧にとっても初めてだった。想像以上の感動に包まれて、二人は無言で蝶の飛んでいった方角を見送る。

「美里、自分がいない間にアゲハ蝶が飛び立ったのを知ったら、さぞ残念がるだろうな」

「美里もいつか、こんなふうにあたしたちの元を飛び立っていくのかしら」

「だとしても、まだずっと先だよ」

慶彦のまなざしが温かい。

育んだ先に「飛翔《たびだち》」が待っていることを碧は知っていた。

育てた子供の手を離す日がいつか必ず来ることを覚悟しているのも女に備わった本能だろうか。

「みーちゃん、行くわよ」

いつもの朝が始まった。美里が珍しく碧が用意した服を素直に着ている。

「うちのアゲハ蝶さん、今頃どこを飛んでるのかな」

自転車の後ろで美里が何か言っているが、漕いでいる碧には初夏の風が邪魔して聞こえない。

「みーちゃん、ママ聞こえないよ」

その時、目の前を柔らかな風に乗ってふわりと通り過ぎたものがあった。

「あっ、アゲハさん！」

美里が大きな声を上げる。

「えっ？　アゲハ？」

見ると見事なアゲハ蝶が中空をくるくると旋回しながら、碧たちの自転車を追いかけるようについてくる。

「本当だ、アゲハ蝶だね」

「あれ、みーちゃんちのアゲハさんかなあ」

美里が子供らしいことを言う。

いや、子供の言うことは時として大人の言うことより遥かに真実なのだ。

「そうだね」

碧はいつか自分の元を離れていくだろう娘に、

「もちろんウチのアゲハさんだよ。きっとみーちゃんにお礼を言いに来たんだよ。育ててくれてありがとうって」

アゲハ蝶はしばらく碧たちのあとをひらひらと舞いながらついてきていたが、突然空の高みを目指して勢いよく上昇し、やがて見えなくなった。

Episode 8

時雨《しぐれ》の里

華道蘭世流《らんぜりゅう》の第三代家元・蘭世匠磨《らんぜたくま》は病の床にあった。

広大な中庭をぐるりと取り囲む屋敷の一室に匠磨は横たわり、障子を明け放した部屋の中から秋の深まった庭を見るともなく見ている。

緩《ゆる》やかな起伏を描く敷地の中に鯉の泳ぐ池や清流の小川がゆったりと配置され、さまざまな花木が絶妙なバランスで植えられているさまは、いつ眺めても彼の心を和ませた。静寂を破って時折響く鹿威《ししおど》しの音さえも、まるで能舞台で打ち鳴らされる鼓《つづみ》の音色のようである。

完璧に手入れされた庭、完璧に清掃が行き届いた家の中には一点の曇りも乱れもない。そこには伝統と秩序が見事に調和し、確実に息づいていた。仮に曇りや乱れがあるとしたら、匠磨の心臓の鼓動や脈拍、その心境にこそあったと言えよう。

「あなた、朝のお薬はお飲みになりまして？」

芙紗子《ふさこ》が静かに部屋に入ってきた。真っ白な足袋が目に眩しい。

今日の芙紗子は白い大島に、菊の花を白く染め抜いた茜色の帯を締めている。清楚な装いが逆に芙紗子の官能性を際立たせているようで、匠磨は思わず妻の足首を左手で掴んだ。

「まあ、今朝はご気分がよろしいのですね」

芙紗子は柔らかく微笑んでさりげなく裾を翻《ひるがえ》し、匠磨が寝ている布団の脇に美しい所作で座り直した。

「その帯、締めてくれたのだね」

「はい。華苗《かなえ》と共にこちらに嫁してきた時に頂戴してから大切にしております。庭に見事な菊が咲いていて」

「あれはいくつになった？」

「じき三十二に」

「私も年を取るわけだ」

「何をおっしゃいます。あなたはいつまでもお若いではありませんか」

芙紗子が含みを持った言い方で匠磨をじっと見つめた。

「お前が一番それを知っているな」

匠磨もそう言い、二人は夫婦にしかわからないねっとりとした視線を絡ませた。

「ところで華苗は？」

「道場でお弟子さんたちにお稽古をつけています。何でも年明け早々東京のデパートでの展示会が決まったとかで毎日忙しくしておりますわ。今日まではこちらにおりますが、明日から打ち合わせで東京出張だそうで」

「そうか」

東京へ行くのか……。

「少し眠りたい。稽古が終わったら、華苗にここに来るよう言ってくれ」

匠磨はそれだけ言うと、目を閉じた。


彼が再び目を覚ました時、庭には雨が降っていた。

密やかな雨音が夢の中で匠磨の潜在意識に忍び込み、目覚めを促したとも言える。

「またこの季節がやってきたか」

雨の時期には体調がさらに思わしくなくなる。海沿いの地方特有の湿気が多い秋の長雨は健康な者たちにとっても憂鬱の種なのだ。まして重い病を抱えている高齢の匠磨にとって毎年のこの雨期はいささか身に堪えた。

「お父様、いらっしゃる?」

鈴を転がすような声と同時に華苗が顔を見せた。

「華苗か。まあ入りなさい」

由緒ある華道家元の娘らしい気品ある動作で、彼女は匠磨の寝室に入ってきた。手の突き方、膝の進め方、目線、そして声のトーンまで、万事が形式に則り淡々と行われることこそ美の極致であると、これは幼い頃から母親の芙紗子が躾《しつ》けてきたことである。

突拍子もない行動や極端すぎる意見、あまりに奇抜な髪型や服装なども断じて慎むべきであると、時に芙紗子はスパルタとも言うべき教育を華苗に課してきた。その厳しさは、蘭世流家元の後妻として嫁いだ自分の娘である華苗が、何かしらの不当な扱いを受けたり辛い目に遭うことがないようにとの親心でもあることを、匠磨は十分に知っていた。

前の妻が亡くなり芙紗子を後添えとして迎えた時、蘭世家にはすでに前妻の子である伊《い》玖磨《くま》がいた。

この息子を、匠磨は父親としてというよりは、蘭世流の後継者として溺愛していた。利発で身体能力に長け、父親の血筋をまっすぐに受け継いで人並み以上の花の素質を早くから現していた伊玖磨を、引退後、彼は当然四代目跡取りとして就任させる心づもりでいたのである。

それ以外の選択肢など微塵も考えなかったし、何より当の伊玖磨が、家元の息子だからという義務や責任感以上に極めて本能的に花を愛し、花に心酔し、花の道を追究しようとしているように匠磨には見えた。無邪気な少年が花と戯れるように鮮やかに水盤や剣山や花バサミを扱う様子は、花生けというより現代マジシャンの手業のようだった。

「家元と坊ちゃまでは目指す方向性が違うのではないですか？」

外野の声も聞こえてはきた。形式を何よりも重んじる蘭世流にとって、伊玖磨の斬新で独創的な解釈は、古くからの弟子たちからすれば異端に見えたのである。しかし伊玖磨独特の感性を、次世代の蘭世流に積極的に取り入れるべき要素として匠磨はむしろ歓迎していた。

それがいつからだっただろう、伊玖磨が花の稽古に全く身を入れなくなってしまったのは。

伊玖磨の母親である前の妻が亡くなり、その一年後に芙紗子とその娘・華苗がこの家に来たあたりにまだ兆候はなかったと思う。

むろん母の死、そして新しい母と妹が突然この家に来たことによる急激な環境の変化が十三歳の少年を混乱させ、一時的に花から離れたことはあった。しかし心の隙間を埋めるためか、その後はむしろ今まで以上に花に打ち込む息子の姿を匠磨は見てきたのだ。

「お加減はいかがですか」

冷え込んできた外気を遮断するように、華苗が静かに障子を閉めながら言った。

「雨の日は体が重いね」

「少し暖房を入れましょうか」

こちらの意図を瞬時に察することができる点は母の芙紗子に似ている。

「東京での仕事が決まったそうじゃないか」

華苗はエアコンのリモコンを操作しながら、

「はい、以前取材でお世話になった出版社の方に一度東京で華道展を開きたい旨お話ししておいたのですが、それを先方が覚えていて銀座の花菱デパートさんのお知り合いに通して下さって」

「お前には経営の才能があるようだね」

花の才能ではなく、経営の才能と言われたことに異論はない。

花生けに関しては兄である伊玖磨の方に天賦の才があることは華苗も熟知している。それはそうだ、天才と謳われた蘭世流三代目家元である父親の血が流れているのは伊玖磨であって自分ではない。

「私の亡くなった実の父は花とは無縁の市役所勤めの人だった。私は顔も覚えていないけれど」

母の芙紗子と共に蘭世家に来たのは、華苗が六歳の時だった。義兄の伊玖磨とは七つ違い。当時中学一年だった伊玖磨と小学校に上がったばかりの華苗に共通するものなどないように思われたが、意外にも二人はすぐに打ち解けた。

学校から戻ると、多忙な父母に替わって伊玖磨は妹の面倒をよく見た。勉強を教えるだけでなく稽古で余った花を使って遊んだり、時には近くの野山に連れだって出かけ、二人で真っ黒になって帰ってきたりした。見知らぬ家で親身にしてくれる優しい年長の少年に華苗も心を開き、「お兄ちゃま、お兄ちゃま」と懐いてどんな場所にもついていく。

長年住み込みで働いている手伝いのヨネも、そんな二人の様子を微笑ましく見守っていた一人であった。

「坊ちゃまはお母様を、華苗お嬢様はお父様を、お二人とも小さい時分に亡くされているからでしょうかねぇ。きっと何か通じるものがおありなんでしょうねぇ」

実際、ヨネが目を細めるのも無理はなく、仲睦まじい二人の姿は誰が見ても一対の雛人形のような美しさであった。

「ほら、レンゲの花は茎と茎を重ねて結わいて、こうやってまぁるくしてから端っこと端っこをつなぐと花輪になるんだよ」

「うわぁ、お花の冠みたい！」

喜ぶ華苗の頭に、伊玖磨はそっとレンゲの花輪を載せてあげた。大きなオレンジの実のような夕陽が山の稜線に姿を隠すまで、孤独な少年と少女は飽きもせず土手の上で遊んだものである。

しかし伊玖磨が隣県の国立大学に入学した頃から、状況は少しずつ変わっていった。

蘭世流の基本概念に始まり、経営方針やさらには家元制度の根本に関してまで、匠磨と伊玖磨の考え方はことごとく対立するようになっていき、激しい口論が家の中でたびたび繰り広げられるようになった。

初めは「親の職業に単純に反発する若者特有の反骨精神」の一つに過ぎないと匠磨もたかを括っていた。が、大学を卒業し、家元を継ぐ前の社会勉強の一環として就職させた地元の老舗である久住《くすみ》和菓子店を、事前に何の相談もなくわずか一年で辞めてしまった時には、さすがの匠磨も見過ごせなくなった。

久住和菓子店とは蘭世流創設以来の長い付き合いで、大きな催事や会合の際には代々非常に世話になってもいたのである。

「日本を代表する蘭世流の御曹司をお預かりするのです。こちらとしてもこんなに名誉なことはありません。ぜひ私にお任せ下さい。しかし教育の手は緩めませんよ」

旧知の仲の親しさで、久住社長が二つ返事で引き受けてくれた手前である。

しかも匠磨が伊玖磨の退職を知ったのは、久住社長からの電話で、であった。

「いったいどういうつもりだ。久住さんに顔向けできると思うのか。息子の退職を勧め先の社長から聞かされた私の気持ちがどんなだったか」

「父さんの顔に泥を塗ったと、そう言いたいんだね」

平然と言い放つ息子にもう少しで手を上げそうになるのを、匠磨はすんでのところで堪《こら》えた。

「俺に蘭世流を継ぐつもりはない」

「何だって」

「花は野にある姿が一番美しいんだ。わざわざ切って鋭い剣山にぐさぐさ差し、わかったような言い方でそれを品評して金を取る。愚の骨頂だよ」

抑えた衝動に再び火がつき、気がつくと匠磨は伊玖磨の頬をしたたかに打っていた。


次の日、伊玖磨は姿を消した。


「華苗、お前に頼みがある」

匠磨はゆっくりと体を起こし、美しく聡明な娘にこう言った。

「東京で伊玖磨に会ってきてくれないか？」

「兄さんに？」

「そうだ。お前はあいつの居所を知っているんだろう？」

確かに伊玖磨とは密かに連絡を取り続けていた。

義理とはいえ、この世でたった一人の兄である。定期的に無事を知っておきたかったし、万一匠磨に何かあった場合、頼りにすべくは伊玖磨しかいない。

そして今がその時だとも言えた。

「ええ、まあ」

「探偵業をやっているそうだな」

華苗は黙っている。東京に出てから、伊玖磨がさまざまな仕事に就いてきたことは月に一度くらいの割合で気まぐれに来るメールで知っていた。匠磨の指摘通り、今は池袋に私立探偵事務所を開いているらしい。

「伊玖磨とこれからのことを話したい。帰ってきてくれるようにお前から頼んでほしい」

東京まで山陽新幹線で四時間弱である。

今後仕事で東京を行き来することになっても十分日帰りできる距離だ。

細々ではあるにせよ伊玖磨と連絡を取り続けてきた華苗にしてみれば、今までいくらでも兄に会うために東京に行けたはずである。しかし華苗にとって伊玖磨との再会は実に十六年ぶりであった。

伊玖磨が去ったのは、華苗が高校一年、彼が二十三歳の時である。今の伊玖磨がどんな見た目になっているのか、三十二歳になった自分を伊玖磨がどう見るのか、華苗の気持ちは少なからず揺れ動いた。

東京に到着したのは午後三時半。東京駅から地下鉄丸ノ内線に乗り換え、池袋に着いたのは四時を少し回った頃だった。蘭世伊玖磨探偵事務所は明治通りを新宿方面に少し歩き、横に折れた雑居ビルにある。

目指すビルはすぐに見つかった。古びた煉瓦造りの三階建ての最上階に、伊玖磨は住居と事務所を兼用にして暮らしている。あらかじめ連絡しておいたので、多分待っていてくれるはずだ。

ビルの入り口で一人の老人にすれ違った。見たところ匠磨と同じくらいの年格好だ。すれ違いざま彼が華苗をちらりと見た。眼光が鋭い。

人一人がどうにか通れる狭くて急な階段を華苗はゆっくりと上がった。

二階に二部屋、そして三階に蘭世伊玖磨探偵事務所がある。

ノックをするとすぐにドアが開き、伊玖磨が出てきた。

久しぶりの邂逅を果たした兄と妹は一瞬見つめ合う。

「新幹線はどうだった」

「大阪から混んだわ、平日なのに」

「そうか、まあ入れ」

久しぶりとも、しばらくとも言わない感じは、昔ながらの兄そのままだ。二人の間に十六年もの年月が経ったとは感じられない。

「下で男の人に会ったわ。年配で、目に光のある」

「二階の伊達さんだろう。杖を持っていたか？」

「ええ」

「じゃあ、そうだ」

華苗は室内を見回す。思ったより整然としている。

「何か飲むか？」

華苗の返事を待つまでもなく、伊玖磨がコーヒーを淹れにカウンター式のキッチンに立つ。

「今でも雨の日には頭痛がするの？」

何か話すことが他にもっとありそうだが、口から出てくるのはたわいのない話題ばかりだ。

「ああ、こっちに来てからは梅雨時くらいだけどね。向こうでは秋の長雨がきつかった」

伊玖磨はさて、というように一息つき、

「オヤジに何かあったのか」

「なぜ、わかるの？」

「でなきゃ、お前がわざわざ東京に来ないだろう」

華苗は、匠磨が深刻な病に侵されていること、主治医から年を越せるかどうか、決めごとがあるならば早いうちに諸々決めておいた方が良いと言われたことなどを話した。

「お父様、兄さんに会いたがっているの。帰ってきてくれないかしら」

回りくどい言い方は不要とばかり華苗は一気に言った。

コーヒーカップを持ち上げながら伊玖磨はそれを口に運ぶでもなく、じっと何かを考えている。

「お父様は今でも蘭世流を兄さんに継がせたいと思っているわ」

「蘭世流にならお前がいる」

「お父様は誰よりも兄さんの才能を認めているわ。多少の方向性の違いも話し合えば解決できる。それに私は外から来た人間だし……」

一番言いたくないことを華苗は思い切って口にした。こんな場合に本音以外は時間の無駄になる。

「才能ならお前にだってあるさ」

伊玖磨はカップをテーブルに置き、

「オヤジはお前を後継者にすることの了解を得るために、お前を俺のところに遣《よこ》したんじゃないのか」

これは意外だった。てっきり匠磨が伊玖磨を呼び戻し、蘭世流の四代目に就任するのを見届けたいのだと思っていたのだ。

「まさか」

当惑する華苗に、伊玖磨は笑いながら、

「なあ、昔を覚えてるか。不知火川《しらぬいがわ》でよく遊んだよな」

もちろん覚えている。兄と過ごした楽しい日々の記憶は、どんなに辛い時にも心の底で燃える小さなかがり火のように彼女を温め支え続けてくれた。

春の土手でレンゲの花冠を作り、夏は河原の花火大会に揃って浴衣を着て出かけた。秋には銀色に揺れるススキの原でトンボを追いかけ、澄み渡る冬空に勢いよく舞い上がる凧《たこ》を眺めもした。

「昔のことならお父様はとっくに許して下さってるわ。お願いだから帰ってきて」

伊玖磨は小さなテーブルを挟んで向かい合った妹の顔を正面からまっすぐに見つめた。

母親に伴われ、初めて蘭世家に華苗が来た時雨の降る日のことを、伊玖磨は今でも鮮明に覚えている。

ようやく小学校に上がったばかりだというこの少女は、すでに圧倒的な美貌の片鱗をのぞかせていた。

「なんて綺麗な女の子なんだろう」

この美しい少女が自分の妹になるということがどれほど嬉しかったか。聞けばこの少女も幼い頃、実の父を亡くしているという。

その日から、伊玖磨と華苗は本当の兄妹《きょうだい》のように過ごした。伊玖磨のいるところには華苗が、華苗のいるところには伊玖磨がいた。

「まるで本当のご兄妹のよう」

いささか早すぎるとも言える家元の再婚に一抹の不安を抱えていた周囲の者たちも二人の姿にはほっと胸を撫でおろしたものだ。

しかし破局は突然訪れた。

「兄さんがいなくなってから、お父様は表面上平静を保ってはいたわ。でも、本心ではいつも兄さんを待っていた」

「お前はどうなんだ」

「えっ」

華苗が驚いて伊玖磨を見る。

二人が長い間決して踏み込まなかった領域、暗黙のうちに回避してきた秘密の領域に、伊玖磨が踏み込もうとしているのが華苗にはわかった。

「俺があの家を去ったのはオヤジとの確執のせいだと、お前は本当にそう思っているのか？」

伊玖磨の視線が華苗を捉える。それは記憶の中に残る温かかった兄の視線ではない。一人の男の熱い視線だ。

「茶番はやめよう」

何かを吹っ切ったように伊玖磨が言った。

「あれ以上お前と一つ屋根の下にいることは俺にはできなかった。あのままお前と一緒にいたら俺は……」

ずっと待ち焦がれていた瞬間が今まさに訪れようとしていることに胸を震わせながら、華苗は伊玖磨の次の言葉を待った。

「だが、お前と共に蘭世を出ることはできなかった。お前は俺の妹だから」

「でも兄さん、私たちは」

「血がつながってはいない。そう言いたいのか？」

華苗は強く頷《うなず》いた。

「お前は俺の本当の妹なんだよ」

それは審判の神の最終判決のように響いた。


金曜日の新幹線の下りは行きとは打って変わって混雑していた。

西への帰省客、あるいは出張のビジネスマン、週末旅行に沸き立つ女性グループ、それらの賑わいが華苗の気持ちを少し楽にしてくれた。

やがて列車がゆっくりと走りだし、華苗は目を閉じて伊玖磨との再会、そして二度目の別れを振り返る。

「俺はお前との未来を本気で考えていた。だからこそ念のためお前の出生を調べたんだ」

「私の実の父は小さい時に死んだと母に聞いたわ」

「おふくろがまだ生きているうちに、オヤジは弟子だったお前の母さんと道ならぬ恋に落ちた。二人の関係は続き、お前の母さんは密かにお前を産んだ。オヤジが認知するつもりだったかどうかはわからない。が、結果的にお前の母さんは、未婚の母としてお前を女手一つで育てることを選んだんだ」

自分が匠磨と芙紗子の不倫の子であったことは、華苗には大きな衝撃であった。母が認知を拒んだのは、伊玖磨の母に対するせめてもの償いであったのか。

「それを知った以上俺には一刻の猶予もなかった。お前への気持ちが抑えられなくなる前に、お前の前から消えなければと」

もし、伊玖磨と自分が越えてはいけない一線を越えていたら……それでも良かった。生涯ただ一度の恋を育てることなく葬らざるを得なかった自らの運命を、華苗は呪った。

東京から戻った華苗を、匠磨は穏やかに迎えた。

「伊玖磨は元気にしていたか」

「お元気でした。探偵事務所もなかなか繁盛している様子でしたし」

華苗は努めて明るく振る舞った。

「で？」

「残念ですが、お兄様に戻る気はありませんでした。蘭世流は私が継ぎます」

「踏ん切りはついたのか」

「お兄様が戻らない以上、私が継ぐしかないでしょう」

「そうではないよ。伊玖磨への踏ん切りはついたのかという意味だ」

華苗は驚いて横たわる実の父親を見た。

「恋は当事者にしかわからない病のようなものだ。それは突然舞い降りて、理性や限界を超え、途方もなく燃え上がる。私にも覚えがあるよ」

何とこの老獪な男は全てを見通していたというのか。兄妹が自分たちに起こっていることに気づくずっと前から。

「その炎を消せるのも当事者だけなのだよ」

一週間後、蘭世探偵事務所で新聞の死亡記事を読む一人の男がいた。
「蘭世流第三代家元・蘭世匠磨氏が死去、享年82歳
後継者は長女・華苗さん（32）」
花バサミを握って嫣然《えんぜん》と微笑む愛する妹《おんな》の写真を、兄《かれ》は飽きることもなくいつまでも見続けていた。

Episode 9

てるてる坊主

「発表会まであと一週間だね」

園児たちが制作したてるてる坊主を仕分けしていた夏見《なつみ》先生が、隣で同じ作業をしている紘子《ひろこ》にそう言った。

保育士になって二度目の前期発表会ではあるが、今年は夏見先生のサブとして初めて担任を持ち、「チューリップ組」の指導に当たっている紘子は思わず背筋が伸びる思いだ。

紘子の勤める「めぐみ保育園」は発表会や行事が多いことが売りである。

それらは普段園に子供を預けて働いている親たちが、わが子の成長ぶりを直接見られる格好の機会であり、同時に園側が保育の成果を披露できる場でもあった。

来春以降の入園を検討する親たちの公開見学会も兼ねているので、否が応でも力が入る。

今回のチューリップ組の出し物は選曲から振り付けまで全て夏見先生が担当した。

「雨傘を使うから、少なくとも年長組以上でないと無理でしょう？　実は去年からずっと温めてきた企画なんだ」

夏見先生は、自身も二人の子供を持つ母親だ。

五歳と二歳の二人の男の子を別の保育園に預け、自分は保育士としてこの園に勤務している。手のかかる男の子を二人育てながら、仕事でも他人《ひと》の子供たちを保育する。しかも家事もこなし、発表会の振り付けなどは家に帰って子供たちを寝かしつけてから……というのだから、いったいどうやって時間をやりくりしているのか、紘子には想像もつかない。

「子供が好きなのよ。短大の児童教育科を選んだのも保育士になるため。これ以外の仕事に就くなんて考えたこともないわ」

夏見先生はさらっとそう言った。

「でもね、どんなに好きでも自分の子となるとイラっと来たり、本気で腹が立ったり、冷静になれないこともあるのよね。それが園で他の子たちを見ていると、うちの子だけじゃなくて他の子も同じなんだと妙に安心したり、うちの子には他の子にないこんなにイイところがあるじゃないって気づけたり。何より仕事が終わって迎えに行くと子供たちが可愛いのなんのって。仕事の疲れもいっぺんに吹き飛んじゃう」

そんなものなのだろうか。子供どころか、まだ結婚もしていない紘子はひたすら頷き尊敬するしかない。

高校時代から交際している潤一郎《じゅんいちろう》に、

「あたしたちもそろそろ将来のこと考えない？」

と、たまに水を向けても、

「まだ早いだろ。紘子も俺も就職して二年目だし、まずは仕事を頑張って生活の基盤を作るのが先決だよ」

こう、あっさりかわされてしまう。

最近、勤務先の大きなプロジェクトのメンバーに選ばれたとかで多忙を極めているらしく、このところろくに会ってもいない。長いこと会わずにいると、付き合っている感覚自体も希薄になってくる。

「それにしても子供たちの作ったてるてる坊主、見れば見るほど可愛いよね」

夏見先生の声に紘子はハッと我に返る。

「本当ですね。顔の表情もそれぞれ個性的で」

紘子も思わずその中の一つを手に取ってみる。

「不思議なものだよね。描いた本人にどことなく似てて誰が描いたかすぐわかる。ほら、これなんか恭平《きょうへい》くんのヘン顔《がお》そっくりだし、この真ん丸お目々は美里《みさと》ちゃんそのもの」

「丸めた状態で顔を描くわけだから、子供たちにとっては難しかったでしょうに」

紘子がそう言うと、夏見先生は少し黙ってから、

「紘子先生、知ってるかな。本来はてるてる坊主に目鼻を描いてはいけないって」

「えっ？」

紘子が顔を上げると、

「顔を描いて軒先に吊り下げると、雨に濡れて顔が滲んで崩れてしまうでしょう？　インクが流れて泣き顔みたいになるから、願いは届かず晴れなかったってことになるんだって。だから白いまま、何も描かずに吊るすのが本来の作法らしいのよ」

「そうなんですか？」

少し驚きながら、なおも夏見先生の話を聞こうとする紘子に、

「てるてる坊主って日本古来の風習みたいに思われているけれど、元々は中国が起源なの。大雨が降り続いて畑の作物がみんな枯れ、農民たちが困っている時、人々を救うために一人の少女が犠牲になった。その少女が天に昇ると、途端に雨が止んで空が晴れたそうよ。少女を供養するために、人に見立てた人形を作って吊るしたのが始まり。日本には平安時代に伝わったみたい」

「少女が犠牲って、それって人身御供《ひとみごくう》ってことですよね!?　生贄《いけにえ》にしたってことですか？」

あまりに残酷な話に紘子の表情はこわばる。

「まあね。でも日本でも、お城を建てる時なんかに人柱《ひとばしら》と言って、生きた人間……だいたいは若い生娘《きむすめ》だけど……を土中や水底に埋めたりしていたわけだし、昔は世界各地に今では考えられないような凄惨な風習があったんだよね。でも……」

いつのまにか夏見先生の声があたりをはばかるように小声になっている。

「てるてる坊主には、もっと怖い話もあるの」

「何ですか？　って、聞くのが怖いけど」

紘子も肩をすくめ、声を潜めて次の言葉を待つ。


その時突然、室内の照明が消えた。


「きゃ〜〜〜っ！」

夏見先生と紘子は思わず大声で叫び、お互いに抱きついた。

「あれ？　チューリップ組の先生方、まだ残ってたんだ」

教室に入ってきたのは、年長のヒマワリ組担任・康代《やすよ》先生だった。

「ごめん、ごめん。てっきり誰もいないと思って。今週あたしが閉園当番だから、そろそろ電気消して帰ろうかなと思ってたんだけど」

明るいその声に、二人ともほっと胸を撫でおろす。

「なあんだ、康代先生。びっくりした。脅かさないでよ、今ちょうど怖い話をしていたところだったから」

康代先生も、

「なあに、怖い話って」

　と、身を乗り出してくる。

「チューリップ組の今年の演目、てるてる坊主の歌に合わせた傘を使ってのお遊戯なんだけど」

「うんうん、リハーサルで見た。なかなかいい出来じゃない」

「そのてるてる坊主の、一般にはあまり知られていないちょっと怖い裏話を紘子先生に教えていたのよ」

　夏見先生は康代先生に「本当はてるてる坊主に顔を描いてはいけない理由《わけ》」を説明したあと、

「てるてる坊主というくらいだから、元々は少女ではなくお坊さん、つまり僧侶が関わっていたのよね」

　と話しだした。

「僧侶？」

「うん。雨が少ないと雨乞《あまご》いをするように、逆に日照時間が少ないと日乞《ひご》いをするわけだけど、中国では、雨乞いや日乞いの儀式は僧侶が執り行っていたらしいのね。僧侶の祈禱が効いて、日照りが解消し雨が降れば褒美を、長雨が終わって日が照れば褒美を、王様が直々に与えていたんだけど」

息を呑んで夏見先生の話を聞いていた康代先生と紘子は顔を見合わせ、同時にこう言った。

「じゃあ、もし祈禱がうまく行かなかったら？」

夏見先生はなぜか周囲を見渡してから、

「殺されちゃったんだって」

と一気に言った。

「え〜〜〜」

驚いて後退《あとずさ》りした二人を、しぃっと口に人差し指を当てながら制し、

「今度の発表会では、てるてる坊主の歌を二番まで歌うでしょ。でも実はてるてる坊主の歌には三番があるの」

「三番も？」

康代先生が聞き返すと、

「そう、歌詞はこれなんだけど」

てるてる坊主　てる坊主
あした天気にしておくれ
いつかの夢の空のよに

晴れたら金の鈴あげよ

てるてる坊主　てる坊主
あした天気にしておくれ
私の願いを聞いたなら
甘いお酒をたんと飲ましょ

てるてる坊主　てる坊主
あした天気にしておくれ
それでも曇って泣いたなら
そなたの首をチョンと切るぞ

「ひゃ〜〜〜っ」

康代先生と紘子の声はもはや悲鳴に近かった。

「園児たちにまさか三番を歌わせるわけにいかないじゃない？」

確かにそうだと紘子は思った。

意味もわからず「首をチョンと切る」などという歌詞を子供たちが楽しそうに歌ったと

したら、聞いているこちらの方が怖い。

「ねえ、先生。首をチョンと切るってどういうこと？」

「どうして首を切られちゃうの？」

との質問だって飛んでくるだろう。

子供たちの探求心と知識欲はエンドレスだ。質問に答えればまたその答えに、それに答えればさらなる疑問を投げかけてくる。

「そんなものかもね」で何もかも済ませてしまう大人とはわけが違うのだ。

それにモンスターペアレントとして悪名高い裕也《ゆうや》君のママが何を言ってくるか。裕也ママは「園と保護者の会」の会長であり多額の寄付もしている。煙たい存在ではあるのだが、上手に宥《なだ》めすかしつつ現在の地位《ポジション》に置いておくのが最善というのが玉田《たまだ》園長の意向なのだった。

「ねぇちょっと、聞いていい？」

夏見先生と同期の康代先生が気安い調子でこう言う。

「その三番の歌詞だけど、それにも何か裏話があったりする？」

よくぞ聞いてくれましたとばかり、夏見先生が続ける。

「この三番の歌詞は、祈禱の甲斐なく雨が止まなかったことに怒り狂った王様が、僧侶の首をはねて殺してしまうという意味なんだけど、怖いのはそのあと。はねた僧侶の首を白い布にくるんで吊るしたところ、見る間に空が晴れ渡った、と……」

康代先生も紘子も、もう声さえ出ない。

話した夏見先生本人すらぷっつりと押し黙ってしまった。


園児たちが帰り、他の先生方や給食のおばさん、清掃員さんたちも帰って三人だけになった。

園はしんと静まり返っている。ついさっきまで子供たちの笑い声や泣き声で蜂の巣をつついたような賑わいだったのに。

子供のパワーってすごいんだ。紘子は改めてそう思う。普段は意識していなかったが、いなくなってみると、その息吹、熱量、前や上にだけ向かってぐんぐん伸びていこうとする勢いがどんなに貴重で尊いものかがわかる。それは命の輝きそのものだった。

「誰もいない保育園ってちょっと怖くない？」

夏見先生が気弱な調子で口を開く。てるてる坊主について得意げに語っていたのが嘘のようだ。

「わかる。がらんとしてやけに広くてね。子供の頃、学校に忘れ物をして取りに戻ると、誰もいなくて寂しかったし怖かったのを覚えてる」

康代先生も同意する。

紘子にも覚えがあった。小学校の頃、学校に宿題の教科書を机の中に置き忘れて取りに行ったことがある。学区内で一番遠い区域に住んでいた紘子は、長いその通学路を一人で学校に戻った。

放課後の小学校は教室にも廊下にも校庭にも誰もいず、紘子はまるで世界に一人きりで取り残されたような気持ちになったものだ。

来た道を同じように家へと戻りながら、紘子は不思議な感覚に陥っていた。

学校には誰もいなかった。生徒たちも先生も事務のおじさんさえ。

が、気配《けはい》がした。

何かがじっと息を潜めて隠れているような。誰もいないはずなのに、そこには確かに何かの気配があった。

「そう言えば……こんな時になんだけどさ」

康代先生がふと何かを思いついたように、おもむろに話しだした。

「てるてる坊主の話で急に思い出したのよ。昔ここの副園長だったたって人が、ちょうど今みたいな秋雨の時分に不審死したって話、知ってる?」

「何ですって!?」

夏見先生も紘子も康代先生の顔を見つめる。

「あたし、もうダメ。聞きたくない」

さっきまで一番元気だった夏見先生が両手で耳をふさぐ。

「夏見先生、ここまで来たんですもん。聞いちゃいましょうよ。三人一緒だから大丈夫ですよ」

ここまでがどこまでなのか紘子にもわからなかったが、康代先生の話を聞いてみたい好奇心もある。怖いもの見たさというやつだ。

「じゃあ、言うよ。かなり前の話なんだけど、ちょうどこんな雨の時期、日頃から経営を巡って対立していた当時の園長と副園長にある決定的な亀裂が出来てしまったのね。何があったのか詳しくはわからないけど、発表会当日、子供たちの作ったてるてる坊主を飾りつけるために、先生の一人が保管庫を開けたら、副園長が保管庫の梁に首を吊っているのが見つかったの」

いつのまにか外はすっかり暗くなっている。

完全に沈黙してしまった二人を見ながら、康代先生はなおも続ける。

「副園長は白が好きでよく白い服を着ていた。保管庫で発見された時も白いレインコートと白いレインハットをかぶっていたそうだから、まるで本物のてるてる坊主みたいに見えたらしいわ」

紘子と夏見先生は震えながら抱き合ったままだ。

「箱に保管しておいたはずの大量のてるてる坊主もなぜか床にバラまかれていて、そして極めつきは……」

康代先生は一旦息を吸い込んでから、

「その副園長の名前が、照子《てるこ》」

「きゃ〜〜〜っ！」

さすがに紘子も声を出した。夏見先生は顔面蒼白だ。

まさかこんなに恐ろしい話が「めぐみ保育園」に隠されていたとは。

いったいいつ頃の話なのか知らないが、もしこんな噂が広まったら入園希望者も激減してしまうのではないか。

しかし……と紘子は思った。

康代先生と夏見先生は同期である。この話を康代先生だけが知っていて、夏見先生が初耳とは少々考えにくい。

何かおかしいと感じて紘子が顔を上げようとしたその時、康代先生のくすくす笑う声が聞こえた。

「ごめん、ごめん」

康代先生は大袈裟に手を横に振りながら、

「まさか二人が信じちゃうなんて」

必死に笑いを堪えていたせいか、目尻には涙まで滲んでいる。

「ちょっと、康代ちゃん？」

今の今まで震えていた夏見先生も顔を上げ、

「まさか、今の話」

「ごめん、あたしの作り話」

あっけに取られたあとは怒りが湧いてくる。

「ひどい、康代ちゃん。あたしも紘子先生もてっきり本当の話だと」

「そうですよ、冗談が過ぎます」

二人に責め立てられ、康代先生は頭を下げて平謝りだ。

「本当にごめん。この通り」

「本当に悪かったわ。からかうつもりはなかったんだけど、夏見先生のてるてる坊主伝説を聞いているうちに自然と思いついちゃって。そうだ、このあとお詫びにゴハン奢らせて」

夏見先生はまだぷんぷんしていたが、

「許せないけど、じゃあ駅ビルに入った評判のパンケーキのお店にでも連れてってもらおうかな。今日は旦那がお休みだから、子供たちの保育園のお迎えも旦那だし」

と、ちゃっかり切り替えている。

紘子も内心ほっとしていた。夏見先生提案のパンケーキの店は前々から気になっていたし、この機会にみんなで味見に行くことに異存はない。

「じゃあ、今のあたしの話は、学校の怪談ならぬ保育園の怪談ってことでいいかな？」

「こら！　調子に乗って。まじで怖かったんだから！」

夏見先生が頬を膨らませ康代先生の頭をゲンコツで叩くふりをする。

「日本古来のお化けって笠地蔵《かさじぞう》とかろくろ首《くび》とかいろいろあるじゃない？　でもさ、一番怖いのはのっぺらぼうだと思わない？」

「え～、あたしはろくろ首の方が怖いなぁ」

「そんなことよりパンケーキが楽しみ！」

「確かに」


さんざめく華やぎと共に三人の若い女たちが部屋を出ていき、保育園は完全な無人となった。全ての照明が消され、園内も園庭も深い闇に包まれている。


誰もいない。

だが、本当にそうだろうか？


長い渡り廊下の先の先、奥に行くにつれていよいよ濃くなる見えない闇のそのまた向こうに、確かに気配があった。

まだ見えない。しかし闇の中に次第にぼんやりと浮かび上がってくるその気配は、やがて一つの形となって全容を現した。

白いレインハットに白いレインコート。

後ろ向きに佇むその姿はどうやら中年の女のようだ。帽子とコートから夥《おびただ》しい水が滴《したた》り落ちている。

うつむき加減の女が、やがてゆっくりとこちらを振り向く。

おもむろに面《おもて》を上げたその女には、顔がなかった。

Episode 10

ノーベンバー・レイニー・ブルース

雨の日が好きだ。

ごくごくありふれた単なる気象現象に過ぎないのに、そこには日常とはほんの少しだけ違う何かが潜んでいるから。

※

子供の頃からサッカーを始めた。

小学校で地元の少年チームに所属、中・高でやはり学校のサッカー部に入って、その頃の記憶や思い出と言えばサッカーしかないほど、いわばサッカー漬けの少年時代を僕は過ごした。

これは多くの男の子に共通するスタンダードではないだろうか？　その対象が野球であ

るかサッカーであるかの違いだけで。

僕の場合は祖父の影響だった。高校サッカーの全国大会で優勝するほど力量のあった祖父に、物心つく時分からサッカーボールの扱いを伝授されていた僕が、サッカー少年になるのに何の不思議もなかったわけだ。

僕は高校まで四国の高知県で育った。

知らない人はまずいないと思うが、四国は台風の通り道として知られている。

毎年フィリピン沖あたりで発生する熱帯低気圧が勢力を増しながら北上、やがて台風○○号となるのだが、その台風が上陸するのが決まって四国高知県の西南端に位置する足摺《あしずり》岬《みさき》か、東端の室戸《むろと》岬《みさき》なのである（まれに九州や東海地方に上陸することもあるが）。

だから四国の人たちにとって台風は、いわば年中行事。被害に対する意識や対策は、多分日本中で一番高いと言えるのではないだろうか。

台風に愛された（この言い方が相応しいかどうかは別として）土地柄で成長したからか、僕は雨に関して一種の親しみを覚えていた。

部活の練習日が雨に降られてしまった時、当然外での練習はできない。通り雨や霧雨程度の雨ならばコーチ判断で外でやることもあるのだが、台風のさなかみたいに大雨でおまけに風も強い日の外練《そとれん》は危険を伴う。で、そんな日には体育館での筋トレとなるわけだ。

体育館内でのサッカーボールの使用は禁止されていたから、やることと言えば、反復横跳びやらスクワットやら往復ダッシュやらの、いわば基礎体力作り。それらそのものは決して楽しいものではなかったが、僕は体育館で活動している他の運動部の様子を見るのが好きだったのだ。

それは曜日によって違ったが、バスケット部だったり、柔道部だったり、卓球部だったり、体操部だったりした。

「あ〜あ、今日は内練《うちれん》かぁ」

部員の粕谷《かすや》トオルは雨の日には決まって溜息交じりの不満を口にした。

彼も僕同様、少年チームからサッカーをしている生粋のサッカー少年で、何度か大会で対戦したこともある。高校の入学式でバッタリ出会い、共にサッカー部への入部を希望していることもわかり、それ以来の親友だ。

「雨の日の内練、俺は嫌いじゃないけどな」

僕らの話に割り込んできたのは、同じくサッカー部員の玉田《たまだ》ジローだ。

「へん、ジロちゃんはお目当ての女《じょ》バスケの美鈴《みすず》ちゃんを見られるからだろ」

粕谷トオルがからかうように言う。

「今日は火曜だからバスケット部はいないよ」

玉田ジローは心底、残念そうに言い返す。

体育館の二階スペースにセッティングされた卓球台のまわりで卓球部員が準備体操を始

めており、一階の南側のコーナーでは体操部が平均台やマットの準備をしているところを見ると、火曜日の体育館のレギュラーは、卓球部と体操部のようだった。

「お、今日は体操部か」

粕谷トオルがにやりと笑う。

トオルは体操部の花形《スター》・前田《まえだ》響子《きょうこ》が、この僕に気があると前々から言っているのだ。

「いいか、ムネ（みんなは僕をムネと呼ぶ）、見ててみな。前田は平均台でターンするごとにお前の方を必ず見るんだぜ」

トオルはそう言うが、前田響子がターンのたびに僕を見ているのを知っている彼の方が彼女に気があることに僕はとっくに気づいていた。

「みんな、揃ったか」

ホイッスルの音と共にコーチの片桐さんが声をかけると、それまでてんでに雑談していたサッカー部員が一斉に立ち上がり、その周囲に集まる。

「台風が近づいてるから、いつもの基礎ルーティンを三セットだけやって、今日は早めに終わることにしよう。雨足がひどくなる前に帰宅できるように」

さっきも言ったが、われわれ四国の住民は台風を決して侮らない。

今まで幾度も台風による甚大な被害に見舞われているので、慣れているからこそ早め早めに対処する癖がついているのだ。

和気藹々《わきあいあい》とした雰囲気で内練は始まった。

いつもなら僕らの私語や態度を厳しく注意してくる片桐コーチも、体操部のコーチとリラックスした様子で談笑したりしている。

外で思い切りボールを追いかけられないにもかかわらず、部員たちも皆、笑顔だ。

そう、僕が雨の日の体育館での練習が好きなもう一つの理由は、雨の日になぜかみんなが普段より少し優しくなるからなのだった。

背中越しに時折感じる前田響子の視線をそれとなく意識しながら、僕は基礎ルーティンを淡々とこなしていった。


体育館での練習が終わり、外に出ると予想通り雨はさらに強くなっていた。

風も強まってきているので、十月も終わりに近づいたこの時期にしてはかなり寒い。

風雨のお蔭で街路樹の葉がダンスのように踊りながら散り、地面の吹き溜まりに張り付くように肩を寄せ合っている。

「これからが一番綺麗な紅葉の季節なんだけどな」

木々の葉たちが思い思いの秋色に自分を染める前に、これでは根こそぎ落ちてしまう……そんなことを思いながら、仲間たちと校門前で別れ、すぐそこにあるバス停で一人ぽつんとバスを待つ僕の黒い雨傘の中に、勢いよく飛び込んできた者がいた。

「えっ」

驚いてその人物を見ると、髪の長い女の子だった。

「ごめんなさい。傘を持っていなくて」

小柄なその子は下から僕を見上げるように言った。

「いや、いいですよ」

うちの高校の生徒だろうか、少なくとも同じ学年に思い当たる子はいなかった。三クラスしかない上に、元々が男子校だった名残もあり、女子の割合は男子の三分の一。三十人強しかいない学年の女子はほぼ全員見知っていた。

二年生なのかな……。

その子と相合傘状態だったのはほんの一〜二分だったと思う。僕の待つ一番バスより彼女の待っている三番バスの方が先に来て、彼女は小さく、

「ありがとう」

とだけ言って、バスに乗ってしまった。

バスの自動ドアが閉まる寸前、その子の抱えていた画板のようなスケッチブックのような大きな四角い物の隙間から、こぼれるように何かがひらひらと落ちてきた。

「あっ、ちょっと」

落ちてきた物が濡れた地面に触れる寸前に拾い上げて声をかけたが、彼女を乗せたバス

は雨の中をすでに走り去ってしまっていた。

秋が急速に深まってきていた。

あのあと、僕はあの日バス停で拾った物を返すため、高校の美術部に出向いてみた。バス停で僕の傘に飛び込んできた子が、もしかすると美術部に所属しているかもしれないと思ったからだった。

拾った物はスケッチブックの切れ端で、そこに描かれていたのがあまりに見事なデッサンだったので、きっとあの子にとってもそれは大事な物なんじゃないのかと思ったのだ。

しかし、あの時の彼女を探し出すことはできなかった。美術部の人に聞いてみたりもしたが、三番バスを使って通学している女の子はいなかったのだ。

僕らの通う高校のすぐ隣には、地元で有名なK女学院の中等部と高等部があったから、もしやそこの生徒なのかなとも思ったが、K女学院のあの特徴的なセーラー襟の制服は着ていなかったから、美術部ではないにしろ、やはりうちの高校の子なのでは……と推察したりもした。

相変わらず雨の多い季節が続き、僕はバス停でバスを待つたびに、またあの子に偶然会えたりしないものかと密かに期待している自分に気づいた。

しかし冬が過ぎ、年が明けて、高校を卒業するその日まで、ついに彼女に会うことは叶わなかった。

折しも長年立ち入り禁止状態になっていた校庭の西の端にある旧校舎の取り壊しが決まり、ようやく新校舎の建て直し工事が始まろうともしていた。

「こうして月日は過ぎていくんだな。新校舎の完成を見る前に卒業か。きっと次に来る時には、何もかも様変わりしているんだろう」

桜の花びら一枚にも似たセンチメンタリズムが、十八歳の僕の鼻先をふわりと通り越していった。

※

高校を卒業した僕は、東京の大学に進学することが決まっていた。

N大学芸術学部の映像学科である。

同時に生まれて初めて故郷を離れることにもなった。

サッカーの次に映画が好きだった（これは祖父ではなく父の影響だ）僕は、何かしら映画か映像に関わる仕事（ゆくゆくは、できれば撮影監督を）がしたくて、この大学のこの学部に進むことにしたのだ。

東京での学生生活は、高知にいる時には考えられないほど刺激的で楽しかった。夏休みと年末年始以外は、ほとんど実家に帰ることもなく、都会の日々を満喫していた僕だったが、たまの帰省でまるで学校の校庭のような小さな故郷の空港に降り立つと、言いようのない安堵を感じ、心からほっとしたものだ。

「ふるさとは遠きにありて思ふもの……」

室生犀星の詩の一節が無理なく腑に落ちるようになっていた。たとえ遠くでも「帰る場所がある」ということが僕の心の支えになっていたことは間違いない。

大学も無事に卒業、小さいが念願の映像制作会社に就職も決まって、気がつくと僕は三十歳を超えていた。

ある年のことだ。某著名監督の新作映画で幸運にも撮影助手を務めることになった僕は多忙を極めた。

夏が終わる頃、撮影はようやくクランクアップを迎え、久しぶりに少し長い休みが取れた僕は、お盆に帰れなかった故郷に遅ればせながら帰ることになった。

落ち葉の散り始めた十一月のことである。

奇跡的に台風の被害が少ない年だったが、久しぶりに雨のそぼ降るある日（台風ではなく、いわゆる秋雨《あきさめ》、時雨《しぐれ》である）、思い立って母校の高校に立ち寄ってみようという気になった。それはほんの出来心みたいなものだった。雨だからと言ってずっと実家にいるのも気が滅入るし、特にやることもない。例の一番バスに乗ってぶらりと昔を偲んでみるのも、しとしと降るこんな雨の日には相応しいような気がしたのだ。

ちょうど午前の授業中なのか、外に生徒の人影はなかった。皆それぞれクラスルームや理科室、音楽室なんかで授業を受けているのだろう。体育館の方向から時折歓声が聞こえるところからすると、何かしらの競技が行われているのかもしれなかった。

校門を入ってすぐ左に、受付と職員室、用務員室、保健室、図書室などがある本館がある。ここで来校者は住所と名前を記入するのだ。誰もが出入り自由だった以前とはわけが違う。

「この本館は昔と変わらないんだな」

そう思いながら、本館に足を踏み入れた僕の目を奪ったものがあった。

それは靴箱の上にかけられた大きな一枚の油絵だった。

絵のことはよくわからないが、有名なピカソの「ゲルニカ」のように、横長に大きく、たっぷりとした画面に描かれた絵の下を見ると、「November Rainy Blues」という題名のプレートがある。

そこに描かれていたのは、広い体育館の壁際に一人ぽつんと腰を下ろして、右手でサッカーボールを触っている一人の少年……制服の白シャツを緩めに着崩し、紺のズボンを穿いた脚は右側を折り曲げ、左足はまっすぐ床に伸ばしている。少年はやや下を向き、その表情には雨の日に練習ができない憂鬱《メランコリー》と共に、ある種の安らいだ平穏な物思いが感じ取れた。

うつむく少年の頬にうっすらとした微笑みが浮かんでいたからだ。

少年が座っている壁の上方には、外が雨であることが一目でわかる水滴のついた窓ガラスが描かれている。全体的にグレーがかった淡く沈んだ色調ながら、決して陰鬱ではなく、子供と大人の狭間にある「少年時代」という一つのエポックが、シンプルな構図の中に見事に表現されていた。

そして題名の下に書かれた作者のプロフィールを見て、僕はさらに驚いた。


当校1951年度卒業生で、日本洋画家協会主催「第5回青春の光と影展」最優秀賞受賞の画家・安蘭恵子《あらんけいこ》さん（白血病による合併症にて1961年11月5日死去、享年28歳）作

ちょうどその時、本館に入ってきた事務員さんらしき男性に、僕はすぐに聞いた。

「あの、僕ここの卒業生なんですけど、この絵、前からこの本館に飾ってありましたっけ？」

「ああ、これね」

見知らぬ事務員の男性はゆっくりと頷き、

「校庭の西にあった旧校舎、覚えてるかな。あそこを取り壊す際に、職員がもう一度内部を確認したんですよ。そしたら美術部が部室として使っていた美術室から、一枚だけこの絵が見つかってね。きっと立ち入り禁止になる前に作者が持ち帰るのを忘れたんだろうね。裏に名前が書いてあったから、卒業生名簿で調べて持ち主に返そうと連絡したら、この安蘭さん？　残念ながらもう亡くなってることがわかって」

僕はズボンのポケットの中で右手を握りしめた。

「ご遺族もぜひ学校に飾って下さい。その方が本人も喜びますと言って下さいましてね。校長と相談して、なかなかいい絵だし、本館に飾ることにしたんですよ。何と言ってもうちの学校が輩出した画家さんですからね」

僕はしばし黙って絵を見つめていた。

「若くして病気で亡くなってしまうなんて、本当に可哀想なことだよね。まだまだいい絵をたくさん描きたかっただろうに……実は私もこの絵が好きでしてね。本館を出入りするたびに見てるんですよ。一度しかない青春時代の、何とも言えない不確かで曖昧な夢みたいなのが伝わってきません？」

事務員さんはそれだけ言うと、

「じゃあ、ごゆっくり。帰る時にも退校時刻を記入してって下さいよ」

と言って館内に消えていった。

僕は握りしめた右手をポケットから出し、ゆっくりとその掌を開いた。

十五年前のちょうどこんな雨の日、校門前のバス停で、あの少女が落としたスケッチブックの切れ端がくしゃくしゃになってそこにあった。

そこに描かれていたのは、「November Rainy Blues」の素描《デッサン》だったのだ。

油絵をキャンバスに起こす前の、4Bの鉛筆だけで線描きされた「ノーベンバー・レイニー・ブルース」のデッサンには、遠い過去、確かにこの場所で息づいていた一人の少女の青春が静かに煌《きら》めいていた。

「安蘭恵子さん、あなただったんですね」

やはりあの時の少女はこの高校の生徒だった。ただし僕が生まれるずっと前の。

彼女はこのデッサンをもとに、この大きな油絵を時間をかけて描き上げたのだろう。

そしてさらに絵をよく見ると、絵に描かれている少年の胸には小さなネームプレートが確認できたのだ。僕の目はその名前にたちまち釘付けになった。

「じいちゃん……」

「宗方清志《むなかたきよし》」……それは僕・宗方仁志《ひとし》の祖父の名前だった。

そう、僕の祖父もまたここの卒業生なのだった。

僕にサッカーを手ほどきしてくれた大好きな祖父は、超大型台風15号が四国全域を直撃した二〇〇一年、僕が中学二年の秋に、近くを流れる用水路の増水の様子を見に家を出たまま、七十歳で帰らぬ人となったのだ。

遠い日の雨の午後、体育館での練習を終えて一人物思いに耽る祖父を、当時画家志望だった同じ高校に通う少女は物陰から密かに見つめていたのかもしれない。

その時すでに、病魔は彼女の体を蝕《むしば》んでいたのだろうか？

「恋」と呼ぶにはあまりにも淡い、遠い遠い過去を駆け抜けた少女のひたむきな想いの断片《かけら》が、二〇〇五年のあの日、十月の雨と共に、（宗方清志の孫である）僕のところに舞い降りてきたのだ……。


校門を出て、例のバス停に佇む僕の傘の中に勢いよく飛び込んできた者がいた。

「パパ！」

一人息子の保志《やすし》だった。

「パパの学校、すごくいいね！　僕の学校より校庭もうんと広いし！　ママと一緒に体育館も見てきたよ」

息子のあとから笑顔で追いかけてきたのは、僕の妻だ。

「あなた、私も久しぶりに母校に来られて良かったわ」

かつて平均台の女王と呼ばれた妻の響子は、あの頃より幾分和らいだまなざしを目の前の僕に投げかけてくる。

「旧校舎もすっかり新しく建て直されてたな」

「昔の面影はどこにもなかったわね」

妻も感慨深げだ。

「そう言えば……」

妻が思い出したように言う。

「さっき本館の入り口で誰かと話してたみたいだけど、何か問題でもあったの？」

「いや……」

僕は雨の中で柔らかく沈黙する。


「November Rainy Blues」は、僕だけの帰省土産《きせいみやげ》にすることにしよう。


午前中の授業が終わったのか、生徒たちが一斉に校舎から出てくる。

今まさに青春を謳歌する、さんざめく若さの軍団に交じって、いくつもの時代を同じ学び舎で過ごした幾千とも知れぬ若人《わこうど》たちの光と影が見え隠れするようだった。

「さ、早くおうちに帰りましょう。雨が強くならないうちに。おじいちゃんとおばあちゃんが手打ちうどんを作って待っててくれるのよ。やっくん、お腹が空いたでしょ？」

妻の語りかけに、息子は、

「わあい、僕、おじいちゃんの打ったおうどん大好き！」

とはしゃいでいる。僕同様、大のおじいちゃん子なのだ。

雨の向こうから一番バスが水しぶきを上げながら近づいてくるのが見えた。

※

雨の日が好きだった。

それは今でも変わらない。

大人になった僕に、雨の日は非日常と、ほんの少し切ない郷愁《ノスタルジー》を運んでくる。

Episode 11

降る亜米利加《あめりか》に袖は濡らさじ

執務室に置かれたテレビの大画面が一面、真っ赤に染まっている。

よく見るとその色はゆらゆらと揺れ、同じ赤い色の中に微妙な濃淡があることから、何かが盛んに立ち上っている様子がハッキリとわかる。

「まさに紅蓮《ぐれん》の炎だな」

カメラのアングルが引き、やがて半年近く経過してもなお一向に鎮火しないオーストラリアの山火事の全容を映し出す。

全山を覆うユーカリの葉や枝は油分を多く含むので、一旦火がついてしまうと容易には消火できない。水はもちろん、いかなる消火剤を以てしても、この山火事を止めることは到底不可能に思われた。

それにしても火の勢いは想像以上にすさまじく、いかに山火事を専門としている特別消防隊でも、近寄ることさえ難しいことは十分に察せられた。

「総理。オーストラリア首相からお電話です」

第一秘書の蓮見《はすみ》が伝えに来る。

父親の仕事の関係で、幼少期に八年、学生時代に二年、それぞれアメリカとイギリスに滞在経験がある藤枝《ふじえだ》は通訳を介することなく英語圏の首脳たちと会話ができた。

「つないでくれ」

ほどなくデスクの電話にオーストラリアのニコラス・シェリダン首相からの電話が転送されてくる。

「ハイ、ミッツ。ハウアーユー?」

藤枝のファーストネームである是光《これみつ》をもじって、シェリダン首相は彼を「ミッツ」という愛称で呼ぶ。シェリダン首相とはイギリス留学時代の学友でもあるのだ。

藤枝の方もニコラス・シェリダン首相を「ニック」と呼ぶ。マスコミはそんな二人の関係を「ニック&ミッツ会談」などと揶揄するが、十代の頃から志《こころざし》を同じくし共に学んだ二人の昔からの習慣に過ぎない。

「この度は応援派遣をありがとう。とても助かっているよ」

「いやいや、お礼には及ばない。今もちょうどテレビでそちらの様子を見ていたところだ」

「本当に打つ手がないのだ。山という山が全て焼き尽くされるしか、この火事が収束することはないのではと思ってしまう。困ったことは火が山を下りて平地に迫ってきていることだ。このままだと首都キャンベラが危ない」

「それは深刻だな」

「ああ、アボリジニの雨乞いの儀式でもしたいところだよ」

オーストラリアが乾季である今の時期に、火事を収めるほどの雨量は見込めないのだろう。

「実は第二陣を派遣する手配が出来ている。明日朝一番のチャーター機で、あと百名の自衛官をそちらに送るつもりだ。鎮火の手伝いはできなくとも、住民の安全に何かしらの寄与はできると思う」

多額の見舞金と多数の自衛官をオーストラリアに送っていることに関し、野党のみならず与党内からも批判が噴出している現状を考えれば、これ以上の支援はそれこそ火に油を注ぐことになりかねない。が、学生時代を共に過ごした親友の窮地を、藤枝はそれこそ対岸の火事として見過ごすことはできなかったのである。

シェリダン豪首相との電話を手短に終えると、厚生労働大臣の西田《にしだ》が執務室に入ってきた。

「インドネシアの件か?」

藤枝が聞くと、西田は頷いて、

「例のレイン・ウイルスの感染がさらに拡大しております。昨日ジャカルタでも感染者が見つかったということで、現地にいる日系企業の従業員およびその家族を早急に帰国させる必要があるかと」

レイン・ウイルスとはインドネシアのある島から発生した新型のウイルスで、たちの悪い肺炎を引き起こすことで恐れられている。治療法もワクチンも確立されていないので、「感染イコール死」を意味した。島全域を覆う熱帯雨林《レインフォレスト》に住むゴリラの一種から感染したためレインフォレスト・ウイルス、略してレイン・ウイルスと呼ばれている。

「帰国に該当する人数はどのくらいかね」

「家族を含め三百八十人になります。ですが……」

西田が何かを言い淀んだ。

「何だ。何か問題でも？」

「ジャカルタ最大の日系企業から、従業員でも家族でもないもう一人の人物も一緒に帰国させてほしいとの正式な申し入れが来ておりまして。その人物も含めるとなると三百八十一人ということになりますが」

「もう一人の人物？　それは誰だね。日本人なんだろう？」

「イギリス人です。母親が英国人で父親が中国人だそうですが、国籍はイギリスなので」

「イギリス人？　日本人でもないその人物を、なぜ日本政府が出国させないといけないのかね」

西田は一枚の写真付きプロフィールを、藤枝の前に差し出した。

一人の初老の男が写っている。漆黒の短髪は確かにアジア人のものだが、眼鏡の奥に光る青い瞳は男がヨーロッパの血を色濃く受け継いでいることを物語っていた。

「Dr.《ドクター》サミュエル・ロー？」

「はい。世界的に著名な生物化学者であり、同時に作家でもあります。熱帯雨林を中心とした生態系の研究の第一人者であり、化学賞・文学賞の両分野でノーベル賞に最も近い人物とも言われています」

「その博士を、なぜ日本の企業が救出しなくてはいけないのだ。そんなに高名な人物ならイギリス政府が黙っていないだろう」

「それが」

二人しかいない執務室で西田厚労相はなぜか声を潜め、

「博士はつい先週まで例のレイン・ウイルス発生の島で熱帯雨林の調査に従事していました。調査団は四人でしたが、そのうちの一人はレイン・ウイルスによる肺炎で死亡、あとの二人は高熱などの症状によりジャカルタの病院で隔離治療中です。ロー博士だけが症状は出ていないのですが、三人と行動を共にしていて濃厚接触の可能性は十分あり、ウイルス保有者である危険性は否めません」

「それでイギリスが博士の入国を拒否しているというのか？」

少々厄介なことにあるかもしれないと藤枝は思った。西田が続ける。

「イギリスは外からの危険要素の侵入に非常に神経質な国です。狂犬病の検査のため空港の検疫に犬を一カ月留め置き、狂犬病ではなくストレスによって犬が死んでしまうといった例も過去にありました」

「イギリスはどういう対応をしているのだ」

「今のところノーコメントです」

イギリスがサミュエル・ローを見放したということは考えにくかった。

相手はノーベル賞二部門での有力候補なのだ。

「ロー博士のインドネシア出国を要請してきた企業は、長年博士と共に森林の研究を続けてきており、顧問として一定の給料も支払っています。三年前には博士の協力のお蔭で新しい木材でのパルプ生成と製紙に成功し、わが国の経済も多大な恩恵を受けたと言っていいでしょう。博士自身も大の親日家のようで」

何かが腑に落ちないと藤枝は先ほどから思っている。

「単刀直入に聞こう。本当の理由は何なのだ」

終始奥歯にものが挟まったような言い方を貫く厚労大臣に業を煮やして藤枝は聞いた。

「実は、インドネシアを出国して日本に来たいというのは、どうやらロー博士本人の希望のようなのです」

「何だって？」

さすがにこれには藤枝も驚きを隠せない。

「それは帰化を希望するということか？」

西田はさらに声を低くし、

「まだそこまでは。ただ信頼できる筋からの情報ですと、今後の研究は日本でしたい、そして日本に骨を埋めたいというのが、博士の前々からの意向だそうです」

オーストラリア森林火災の次は、世界的生物学者の日本への帰化希望か。

さすがの藤枝も頭を抱える。

ＥＵ離脱に揺れるイギリスの政情を考えると、この時期、何の仁義も切らないままイギリスの至宝とも言うべき重要人物を日本に帰化させることはいかにもまずい。

それにしてもイギリスで研究を続けることにいったいどんな不都合があるというのだろう。

母国から博士が何らかの迫害を受けているとも思えなかった。

こんな時、相談相手になるのはあいつしかいない……。

藤枝是光は携帯を手に取ると、ある男に電話をかけた。


首相官邸に一台の黒塗りの車が止まる。

中から出てきたのはすらりと背の高い一人の男だ。

年の頃は五十歳前後か。濃紺の細身のスーツをさらりと着こなしている。

運転手に軽く頭を下げ、腰を低くして官邸に入っていく物腰は柔らかだったが、その目つきは他者を射るように鋭かった。

「やあ、来たね。急な呼び出しをしてすまん」

「とんでもないことです、総理。何かありましたか？」

「まあ、ここに座ってくれたまえ」

男の名前は黛《まゆずみ》耕一郎《こういちろう》。

警視庁の隠れた組織である某チームを率いる特命捜査官のトップである。

そして彼の直属の上司は警視総監ではなく、藤枝是光内閣総理大臣なのであった。

「何かまた不可思議な事件がありましたか？」

話を急ぐ黛に、藤枝は、

「君たち超常現象担当特命捜査官チームには、日本に起こる不可思議な現象や人智では解明できない奇妙な事象の検証と解決に当たってもらってきた。が、今度の一件は超常現象ではないのだ」

「と言いますと？」

「ある人物の心理がわからないのだよ。日本だけでなく世界にとっても極めて重要な人物だ」

「ほう」

黛はついこの前までチームのメンバーである浅水恵子《せんすいけいこ》、倉田涼《くらたりょう》と共に、I県神立郡《かんだち》月ノ石《つきのいし》で起こった奇妙な失踪事件に一応の決着をつけたばかりである。その時黛が感じたのは、この世で最も不可思議なのは超常現象以上に人間の心理だということだった。

「今回はいつも以上に極秘で頼む。インドネシアで発生したレイン・ウイルスがとてつもない速度で感染を拡大している今、一刻の猶予もならない。ジャカルタに滞在中の生物学者サミュエル・ロー博士が日本への帰化を希望しているのだ。どんなことでもいい、彼についての情報が欲しい」


オーストラリアの森林火災、そしてレイン・ウイルス肺炎の地球規模での拡大が一向に沈静化を見ないまま二月を迎えたある日、黛からの報告を待つ藤枝の執務室にあるホットラインがけたたましく鳴り響いた。

この電話にかけてくる人物はたった一人、アメリカのアンドリュー・ブキャナン大統領である。

「ハロー」

「ハロー、アンディ。ハウアーユー」

実は二つの国の二人の首脳の間で一つの極秘プロジェクトが進行しつつあった。七〇年代にアメリカが成功させた「アポロ計画」の第二弾である。

かつて旧ソビエト連邦との冷戦で苦戦を強いられてきたアメリカは、可視化できる形でソビエト連邦に一矢報いなければならない状況に追い込まれていた。そしてアポロ計画がスタート、都合三回にわたって人類が月に着陸という快挙をアメリカが成し遂げた……ということになっている。

その後ソビエト連邦が崩壊し、月へ行く直接の意味も失われた。

アポロ計画終了の理由としては、莫大な費用がかかること、人類が月に移住できる環境が月にはなかったことなどが挙げられたが、地球からは決して見えない月の裏側に、すでに地球外生命体が高度な文明の都市を建設していたことがわかったからだとの都市伝説まで、まことしやかに流れたものだった。

しかしそれらを含め、アポロ計画の話題が今現在人々の口に上ることはない。

「例の件は考えてくれたかね？　いよいよＴＯＫＹＯオリンピックの開催年だが、私としてはオリンピック終了後の熱気冷めやらぬ段階で、わが国と日本が共同開発した月面有人着陸であるセレナ計画を発表することにしたいのだが」

ブキャナン大統領は一代で巨万の富を築いたユダヤ系商人の末裔で、元映画俳優でもある。押しの強さと自己顕示欲の塊のようなそのパフォーマンスに、眉を顰《ひそ》める向きもないではなかった（反ブキャナン派はブッキーと呼んで批判している）が、歯に衣着せぬ物言いと意外に人情家な側面に、藤枝は一定の評価をしてはいた。

「アメリカが今度は日本の技術協力を得て、再び月へ飛ぶ。すごいじゃないか、これで世界はアメリカと日本の前にひれ伏す」

相変わらずの大風呂敷には藤枝も苦笑を禁じ得ない。

「しかし、アポロ計画そのものが今や何の神通力も持たない過去の遺物ですよ」

ストレートな相手にはこちらも直球で返す。アメリカ人に婉曲な言い回しは通用しない。

「もちろんだよ。あんなのは茶番だ」

「では大統領もアポロ計画は捏造だったとお認めになるのですか？」

「それに対して私は何も言わん。半世紀以上前に終わったことだ。イギリス人の八割がアポロは月になど行っていないと言い、米国人でさえ約半数の者がアポロ計画捏造説を支持している。人類が本当にその足で月面を踏んだかどうかなど、どうでもいいのだ。大事なのは人々がそれを信じ、世の中が丸く平和に収まるかどうかなのだ」

「今度は私にその片棒を担《かつ》げと言うのですか？」

ブキャナン大統領に最初にセレナ計画を持ちかけられたのはずいぶん前になる。

それをのらりくらりかわしながら今日まで来たのだ。

「世界に轟《とどろ》く日本の特撮技術をもってすれば、無風のはずなのに星条旗がなびいていただの、光源もないのに宇宙飛行士の後方に影が出来ていただの、ごちゃごちゃ言われることもないだろう。画像はこれ以上ないほどクリアに再現できるし、第一誰も月に行っていないのだからどうにでもなる。撮影場所はこちらがカリフォルニアの砂漠の真ん中に巨大なスタジオを用意しよう。撮影が済み次第、宇宙を模倣したテーマパークとして活用するつもりだ」

どうやらブキャナン大統領に初めから月へロケットを飛ばすつもりはないらしい。

セレナ計画の唯一の目的は、アポロ計画がそうだったように、このところ彼が脅威を覚えている二つの大国への牽制と威嚇のようだった。

しかし、山林火災やウイルス性肺炎に世界が脅かされている今、二度目の有人月面着陸計画はいかにも時代錯誤に思われた。月より前にやるべきことは山ほどあるのだ。

「お返事は次回に」

これ以上の引き延ばしはお互いのためにならない。

ＹＥＳかＮＯ、次回こそ明確な日本の立場を示す時だった。

「では次回。グッドニュースを期待しているよ」

ブキャナン大統領とのやり取りのあとは、いつもどっと疲れが押し寄せる。

資源も国土もないアジアの小さな島国である日本が世界で孤立せず存続し続けるためには、大国であるアメリカの傘の下で雨をしのぐ必要があると藤枝は考えている。

初めてアメリカの土を踏んだ十代の頃、その圧倒的な国土の大きさとスケールに、正直「こんな国にまともに立ち向かって敵うわけがない」と藤枝は思った。

アメリカはまさに「持てる国」だったのだ。

アメリカと折り合い、アメリカに迎合し、時にはアメリカを利用していくことこそが日本が生き残る唯一の道だ。決して対等だなどと勘違いしてはいけない。国を守ることは綺麗ごとではないのだ。


次の日、黛耕一郎が再び首相官邸を訪れた。

日本への帰化を希望していると思われるイギリス人生物学者の情報を集めてほしいと依頼してあった。さすがに黛だ、仕事が早い。

「何か収穫はあったか?」

「収穫と言えるかどうか……ただ、博士が以前香港に滞在していた時に特筆すべき出来事があったようで」

「香港? いつのことだね」

「中国返還前の古い話です。今も社外顧問を務めている製紙会社とのタイアップで、熱帯雨林の調査をするため博士は一時期香港に住んでいたらしいのですが」

「返還前というと三十年近く前だな」

「ええ、ちょうど香港の不動産バブルの頃です。博士が滞在中のある年、香港島を記録的豪雨が襲ったことがありました。大雨による崖崩れで生き埋めになった人もいたようです。大変な災害だったそうですよ」

「で、それが博士にどう関係しているのかね」

「その時、博士にはどうしても安否を確認したい人がいたのですが、豪雨による送電線の切断で連絡が取れなかったようです。その時たまたま博士と一緒にいた中国人の友人という人が当時のことを覚えていて、あんなに慌てて困り果て、苛立つサミーを見たのは初めてだったと」

ほう、と藤枝は黛の話の続きを聞く。

「博士が連絡を取りたかった相手が誰なのかまでは、その友人も知らないそうですが、豪雨が去ったあと、それまでの快活で愉快な人柄はすっかりなりを潜め、博士は別人のように自分の殻に閉じこもるようになってしまったそうです」

「博士が豪雨の時に連絡できなかった相手……それは女かね」

「それはわかりません。が、博士がいまだに独身を貫いていることに何か関係があるのかもしれません」

藤枝の英断により、ジャカルタにいる日本人とその家族全員が政府のチャーター機で無事に日本に帰国することが実現した。幸いにもレイン・ウイルスに感染していた者は誰一人いなかった。

が、その人数は三百八十一人ではなく三百八十人である。

イギリスとの交渉を経て博士の日本受け入れの決定がなされた日、レイン・ウイルスによる肺炎を発症し、サミュエル・ローはあっけなくこの世を去ってしまったのだ。

日本の地を踏みたいという博士の悲願は叶うことなく南海に散ってしまった。その無念を惜しんだあと、藤枝が黛にふとこう尋ねた。

「君はアポロ計画についてはどう思っているかね」

「アポロ計画？　どうって、あれについては諸説あるようですが」

「君は人類が本当に月に降り立ったと信じているか？」

黛は藤枝の質問の真意を測りかねたが、

「さあ、どうでしょう。私は月にはウサギが住んでいて、かぐや姫が帰っていった場所だという認識でしか考えたことがありませんね」

藤枝は高らかに笑いだした。

「そうだな、それでいいのだ」

何もかも究明することが正しいとは限らない。すべてを白日の下に晒す必要もない。グレーゾーンに置いておくことが最良なことも、謎は謎のままにしておく方がいい場合もこの世にはある。サミュエル・ロー博士の相手も、月の真実も。

不完全なこの世界で、できる限りをするまでだ。

この国の平和と安全、そして国民の幸福のため、総理大臣としてでき得る最善を。

藤枝は意を決したように、手元のホットラインのボタンを力強く押した。

Episode 12

雨夜の品定め

雀荘「めんたんぴん」にその女が現れた時、場の空気が一瞬で変わった。

男たちは羨望と欲情にぎらついた、女たちは嫉妬と憎悪をないまぜにした、いずれにしてもある種の熱と好奇心に満ちたまなざしが、一斉に入り口に立った女へと注がれたのである。

十センチはあろうかと思える赤いエナメルのピンヒールを履いて上背を誤魔化しているが、実際の身長はそれほど高くはなく、むしろ小柄であることが察せられる。何の動物なのか淡いグレーの毛皮のコートを脱ぎ、体のラインを際立たせるワインレッドのノースリーブドレスが現れると同時に、店内の女性客のほぼ全員があからさまな不快感に眉を顰めた。

「いらっしゃいませ。外、まだ降ってますか」

極上の女を目の前にした時の卑屈さを隠しもせず、店のオーナーの男が女の機嫌を覗う。

「ええ。冷えてきたから雪になるかも」

「今日は何かご希望は」

「そうね、普通に打てれば。でも手が遅い人は入れないで。あまり時間もないし、私せっかちなの」

「承知しました」

高田馬場の路地裏にひっそり佇むこの店に不似合いなほど艶やかなこの客を、オーナーは「へっへっ」と意味のない作り笑いを浮かべながら店の奥へと誘導する。

堂々とした態度で女が店内を通り過ぎる際にも、既存客たちが見るともなく彼女を観察しているのがわかる。初めての客、そして見知らぬ人間、見慣れぬ女への品定めといったところか。どこの世界でもある、新入りが最初に受ける洗礼だ。

「あの靴は間違いなく凶器になるな」

歩くたびにコツコツと音を立てる彼女の赤いハイヒールを横目で一瞥し、手入れの行き届いた麻雀牌を自摸《つも》りながらAはそんなことを思う。

Aは受付のすぐ左隣にある六番卓で打っているが、二つ向こうの四番卓で打っているBが盛んに目くばせしてくる。その口元が「超まぶいスケ」と言っているのが離れた位置からでも確認できた。

下家《シモチャ》の太った中年女性がAの上がり牌である三萬を川に捨てるのと同時に、Aが「ロン」と低い声で言う。

「立直《リーチ》、純チャン、三色《さんしき》、ドラドラの倍満《ばいまん》」

「ちょっとぉ、裏ドラまで乗せる気ぃ」

下家の中年女性が悲鳴のような声で不満を口にする。

「すんまへん、親なんで二四、〇〇〇点頂戴しますね」

中年女性は不服そうに、しかし手際よく言われた額の点棒をAに手渡す。

「ちょっと塩川ちゃん、あたしにコーヒー一杯持ってきてよ。今、こちらのお兄さんに倍満振っちゃったから」

ここの常連なのか、慣れた感じで大向こうに声をかけると、カウンターの中にいた若いスタッフが「はいはい、ただいま」と愛想よく頷いた。

お兄さんと呼ばれたAはもちろん、世間でお兄さんと呼ばれる年ではない。とっくに五十歳を過ぎているし、スキンヘッドと言うと聞こえはいいが、要するに禿げている。垂れ目で鷲鼻だが、身長だけは百八十五センチあるので、見ようによっては関西弁のブルース・ウィリスと言えなくもない。

件《くだん》の女はと見ると、一番奥の八番卓に座らされたようだ。八番卓にはCがいる。

AはB、Cの仲間と共に三人でこの店に初めて来たのだが、どの店でやる時にもいつも打ち始めは別々の卓で……が暗黙の了解事項である。

Cは三人の麻雀仲間の中では一番の年少(三十歳は超えている)で、しかも俳優と見まがうほどの端正な容姿を誇っている。多くの女が彼に秋波を送るのだが、残念なことにCはゲイだった。

ついでに先ほどAに合図を送ってきた四番卓のBは、極端に小柄な上に前歯が異常なまでに突き出ており、しかも子供の頃にかかったポリオの後遺症で今でも片脚を引きずる癖がある。不名誉なニックネームをあらゆる場所で浴びせられ続け、女には人一倍関心があるにもかかわらず、その恵まれない外見と自己評価の低さのせいでいまだに童貞だというもっぱらの噂だ。この男が四十代半ば。

三者三様、年代も経歴も異なる三人だが、たまたま同じ職場に配属されて話を交わすうちに気が合い、また趣味が麻雀という共通項もあって、たまにこうして連れだって雀荘に出向く間柄になったわけなのだった。

話を戻す。

Cはゲイなので、目の覚めるような美女が同卓になったからといって、特段その動向に変化は見られない。他の全ての女性客に興味がないのと寸分変わらぬ無関心さと平常心で、無心に牌を並べている。

それにしても水曜という平日の週の中日《なかび》、しかも外は冷たい雨だというのに、気がつけばこの店はほぼ満席であった。

全部で八卓を擁する中規模のこの麻雀店が、駅からやや不便な立地にもかかわらず繁盛しているのは不思議と言えば不思議なことだ。近隣にはW大学の各学部が点在しており、「学割あり」の表示が掲示されていることからも、テスト明けの学生たちが夜を徹して打つこともあるのかもしれない。実際、大学の麻雀研究会のメンバーと思しき若い男のグループが一番卓と二番卓を占領しているが、客のほとんどは中高年の男女である。四番卓でBの対面《といめん》に座っている品の良い紳士などは、かなりの高齢と見受けられる。

「暇と金を持て余しているご老人にはいい趣味かもしれない。仕事をリタイアし、きっと家にも居場所がないのだろう」

店の客層を確認しながらAは順調に上がりを重ね、東場を終了した段階で四〇、〇〇〇点越えのトップに立った。ここで下家の中年女性がトイレに立ち、替わってオーナーが代走に入る。

「Aさん、絶好調ですね」

お決まりのお愛想だが、悪い気はしない。

「今のところはね」

緩みそうになる表情をなるべく抑えてAは平静を装う。これからが本番、野球は九回裏のツーアウトから、麻雀も南場の第三局からなのだ。気を抜いてはいけない。

「ところで八番卓に入った女性も、今日が初めてなんかな」

Aはさりげなくオーナーに聞いてみる。

あくまでもふと思いついた、特に意味はないが……というスタンス。

「え？　ああ、あの美人さんね。そうです。Aさんご一行と同様、今日が初めてですよ。ホームページをリニューアルしたせいか、お蔭さまでこのところ新規のお客さんが増えてきてまして」

オーナーは例の「へっへっ」という品のない笑いをする。

「彼女、結構和了《アガ》っとるようやな」

「いやぁ、なかなかうまいですよ。初めてのお客さんはしばらく打ち筋を見るんですが」

オーナーの言う通り、耳から入ってくる情報だけでも、よく通る「ポン」「チー」の軽やかな声と共に、基本的な和了《アガリ》から玄人好みの難易度の高い役までと打ち方に偏りがない。

二局前には「国士無双《こくしむそう》」を聴牌《テンパイ》もしていた。

緩やかにカーブを描くたっぷりとした長い黒髪。艶のあるその髪が額縁のように取り囲む小さな顔には、濃いめの化粧が施されている。口紅の色は服のワインレッドとリンクする蠱惑的な深紅。しかしきついアイラインで隈取ったキラキラと光る両目には、あどけなささえ感じられる。

最初の印象では三十代後半かと思われたが、本当はもっとずっと若いのかもしれないとAは踏んだ。メイクを拭ったら、意外に幼い素顔が現れそうである。

肌が異様に白い。ノースリーブのドレスからすんなり伸びる腕もまるで北欧陶器のように青白いことを見ると、顔の白さは化粧のせいではないようだ。

「麻雀の三元牌《さんげんぱい》、白《はく》・發《はつ》・中《ちゅん》は中国美人の基準を現しているって、Aさん、知ってました？」

Aの心のうちを見透かしたかのようにオーナーが麻雀の蘊蓄《うんちく》を語り始める。

「何や、それ」

「發《はつ》は長く艶のある黒髪、中《ちゅん》は真っ赤な唇、で白《はく》は抜けるような白い肌。あの八番卓のお客さんなんか、まさに三元牌美人ですよね」

自分でも気の利いたことを言ったという自負がオーナーの膨らんだ鼻の穴から見て取れる。

「ほな、あとで大三元《だいさんげん》でも和了《あが》ったろかいな」

そう言いつつ、ゆっくりと立ち上がり、

「ちょっと休憩、上で煙草吸ってくるわ」

下家の中年女性がトイレから戻ったのをきっかけに、Aは席を立った。


地下一階の店を出て地上に上がると、夜の町は冬の雨で銀色に滲んでいた。

こんな夜景は今までに何度も見てきている。雨にくるまれてしまうと町はどこでも同じような様相になった。まして夜ならなおさら。

ニューヨーク、パリ、ロンドン、香港、シンガポール、アブダビ……先進国の繁華街というのは大なり小なりどこも似通っているものだ。

Aはふと自分が東京ではない、どこか別の国の知らない町にいるような錯覚にとらわれる。

遊牧民《ノマド》のような独特の浮遊感はAの心身に常にまとわりついているのだ。

一本目の煙草に火をつけた時、階下《した》から足を引きずりながら上がってくる音が聞こえた。四番卓のBである。

「失礼。私にも一本恵んでくれませんか」

「はいよ」

AはBに煙草を差し出す。軒が狭いので、ビルの壁際にピタリと背中をつけていないとたちまちずぶぬれになってしまう。大柄なAと小柄なBが並んで煙草をふかすと、煙草の煙と共に吐く二人の息が段差をつけながら白く長く闇の向こうに消えていく。

「どうや、今夜の首尾は」

「対面《といめん》のジイさんがツキまくってて手がつけられないんですよ」

「見たところ、ジャン歴八十年ってとこやな」

「常連っぽい他のメンバーもなかなかうまくて。それより……」

Bが周囲を見回してから、身長差のあるAの耳に背伸びをするようにしてささやきかける。

「さっきの女……間違いないですよね」

「ああ、間違いなく揚羽《アゲハ》やろう。あらゆる事前情報に合致しとるし、それに」

「それに？」

「あの女が髪をかき上げた時に、首の後ろに見えたんや」

「と言うと、例のやつですか？」

「そう、噂に聞くアゲハ蝶の刺青《いれずみ》がな」

「あの刺青を拝めることはまずないって言われてますから、確認できたのはラッキーでしたね」

Bの言う通り、誰もアゲハ蝶の刺青を見た者はいない。

だが、いくら麻雀の最中で無防備な状況であったとしても、自らのアイデンティティーの証明になるようなシンボルを人に見られるようなしぐさをするだろうか？

闇の世界できらびやかに暗躍するアゲハ蝶の仕業としてはいかにも迂闊に思える。そこがわずかに引っかかる点ではあった。

しかし、どんな人間にでもふと張り詰めた心の糸を緩める時はあるものだ。まして人目をはばかるような生業《なりわい》に身を投じている者にとって、二十四時間緊張状態でいることが不可能であることはA自身が誰よりも知っていた。

「アゲハ蝶にも羽を休める瞬間があるということか」

Aは自らのかすかな疑問に答えを出す。

Bに続いて、若年のCが上がってきた。

「どうや、あの女を間近で見た感じは」

同卓で打ち、唯一至近距離で女を見ているCに、Aが即座に尋ねる。

「想像より若いな」

年少のCが答える。

「それに想像よりええ女だったやろ」

とA。

「俺は四十歳過ぎの女しか女と思えない。たとえば円城寺舞子みたいな」

すかさず言うCにAが呆れたように苦笑する。

「お前さん、ゲイにババ専も加える気かよ」

「そうよ、あんなおばちゃん女優」

Bもわざとらしい女言葉でAに加勢してきた。

「麻雀の腕は大したもんだ」

Cが別の評価を女に下す。

「的《ターゲット》の懐《ふところ》に入るのに麻雀は格好の口実になる。その人間の打ち癖みたいなものに気を取られ、そいつがいったい何者なのか、どんな目的を持っているのかにまで注意が向かないのが麻雀の怖さや。麻雀に限らずチェスやゴルフ、ダンス、おそらくほとんどの社交に使えるスキルは身に付けているはずだ」

今度はAも同意する。

「いずれにしても、相手に不足はないってことか」

三人は同時にふぅっと息をつく。


曰くありげな三人の男たちの雨夜の密談は手際よく、そしてある決定事項を確認して終了となった。AとBが一足先に店に戻ることになり、雨が降り続く地上には、C一人が残される。

急激に気温が下がってきた。雨はすでに霙《みぞれ》に変わっている。

そこへ足音もなくふいに女が現れた。彼らに揚羽《アゲハ》と呼ばれた、あの女だ。

「どうも」

小指の爪先ほどの動揺も見せずに、Cが軽く会釈をする。

「どうも。煙草を一本いただけないかしら?」

「いいですよ」

Cは揚羽《アゲハ》が咥《くわ》えた煙草にマッチで火をつけた。

「へぇ、ライターじゃないんだ」

揚羽《アゲハ》が感心したように言う。

「マッチを擦る音が好きなんですよ」

「あたしも」

わずかな沈黙が二人を包む。

「麻雀、お上手ですね」

「まだまだよ。攻めには自信があるんだけれど、守りが全くできなくて」

「麻雀は辛抱のゲームですからね。ほとんどが我慢で、チャンスが来た時に一気に攻撃態勢に入る」

「確かに。守りや待ちにどれだけ耐えられるかに、勝負の行方はかかっているのかも」

しばらくたわいのない世間話が続く。

「さてと」

女が煙草を投げ捨てて、例の赤いピンヒールでその火を踏み消し、Cの方を向き直って言う。

「そろそろ本題に入ろうか」

先手を打ったのは女の方だった。

「あたしが今夜この店に来るって、どうしてわかった？」

女が突然核心に触れてくる。

そんなことは想定内だ。どちらが先に口火を切るかだけの問題なのだから。

「蛇《じゃ》の道は蛇ってやつ？」

「ふぅん、あたしへビなんだ」

揚羽《アゲハ》が大袈裟に首をすくめてみせる。

「正直に言って意外だったよ。もっと年増の女だと思ってたからさ。あんた、ホントはいくつなの？　麻雀牌より哺乳瓶の乳首つまんでる方がよっぽど似合う年頃だぜ」

「それはお互いさまでしょう」

Cと揚羽《アゲハ》は一瞬お互いを見つめ合う。

「まだ子供じゃないか。なんでこんなことしてる」

雨に光る道路がレフ板効果を生み出し、彼女の白い肌が夜の中で輝きを増している。その幻想的な美しさにCは思わず目を奪われた。

「袖振り合うも多生の縁だ。特に俺たちみたいな商売だとな。十二月の雨の晩、身の上話の一つくらいしたってクサくはならないだろ」

「子供の頃、アゲハ蝶の孵化を見たことがある」

揚羽《アゲハ》はふと遠い目をする。

「干からびたサナギから顔を出し、用心深く外界の様子を覗いながら体を動かして、最後は畳んでいた見事な羽を広げて大空に舞い上がった。あたしもいつかあんな風に、自由に飛び立つんだって心に誓ったのよ。昔の記憶で色付きなのはたったそれだけ。あとは見事なまでにモノクロ」

「壮絶な幼少期を送ったようだな、あんたも」

「あんたも」の「も」に、Cは無意識に因果を含めていた。

忘れていた記憶がよみがえる。目の前を走る車たちのテールランプのように、暗黒だった自分の生い立ちが次々にCの前を通り過ぎていく。

「だからってコードネームが揚羽《アゲハ》（AGEHA）とは、ずいぶん短絡的なんだな」

「おたくのZEUS《ゼウス》はずいぶん大袈裟ね」

Cは驚いて揚羽《アゲハ》の顔を見る。その可憐な横顔はとても第一級の殺し屋には見えない。

「なんでわかった。俺には君の刺青みたいな目印はないはずだが」

「蛇の道は蛇」

揚羽《アゲハ》がクスリと笑う。思いがけないその可愛らしさに、ZEUS《ゼウス》はこの女を敵に回さなければならない宿命を心から呪った。

「いつ、俺だと」

「いつも何も」

揚羽《アゲハ》が今度は本当に可笑しそうに声を出して笑う。

「まだわからない？　裏の世界にその名を轟かす国際スナイパー集団のトップZEUS《ゼウス》の名前が泣くわよ。いいこと？　この舞台そのものが、あたしが用意したオトリなの。この雀荘も、あのオーナーも、スタッフも、店の客たちも、全部こっちサイドの人間」

呆然と言葉を失うZEUS《ゼウス》に揚羽《アゲハ》が続ける。

「今夜のために外部の専門家にも協力を仰いだ。気鋭の推理作家に脚本《シナリオ》を書いてもらい、うちの大先輩《OB》の知り合いの私立探偵さんにそっちの動向を探ってもらい、麻雀はプロ資格を持ってるその大先輩《OB》に習って。そうそう、演技指導はあなたの憧れの女優さんにお願いしたわ」

「円城寺舞子か」

「本物、綺麗だったよ〜。リハーサルでみんな大喜び」

「いつもこんな猿芝居みたいなことやってんのか」

ZEUS《ゼウス》が吐き捨てるように言う。怒りをどこにぶつければいいのかわからないようだ。

「いつもじゃないわよ。でも今夜は何が何でもあんたたちを逮捕したかった。年末だしね。こんなチャンスはもう巡ってこないから」

「それは俺も同じだ。今夜こそ揚羽《アゲハ》をしとめるつもりだった」

ZEUS《ゼウス》が無念さを露呈させる。いつのまにか、あたりには赤いテールランプならぬ赤いサイレン灯をその屋根に掲げたパトカーの群れが集まってきていた。

「こんな冬の晩に、飛んで火に入る夏の虫とはな。その言葉を自分に向かって言う日が来るとは思わなかったよ」

「どんな日だって来るものなのよ、人生には」

妙に達観した物言いは、ZEUS《ゼウス》を諭すためではなく、自分自身に言い聞かせる揚羽《アゲハ》の心の声のようにも聞こえたが、すぐに彼女は元の彼女に戻り、

「先に戻ったあのお二人……あんたの手下はすでに地下の捜査官たちが捕まえているはずよ」

揚羽《アゲハ》は体にピタリと吸い付くようなドレスの裾から、小さな四角い紙切れを取り出してZEUS《ゼウス》の面前に掲げた。

「警視庁　国際犯罪特別捜査班チーフ　赤羽蝶子《あかはちょうこ》」

「赤羽蝶子。それで揚羽《アゲハ》……か。さっきのアゲハ蝶の話は」

「あれは単なるキャラクター設定よ。そっちのゲイ設定と同じ」

オーナー役の警官に手錠をかけられ、仲間の警官や女性警官らと共に下から連行されるCの部下AとB（もちろんポリオの後遺症で足を引きずってなどいない）を通しながら、蝶子は、皆に声をかける。

「は～い、ご苦労さん。あと五分で引き上げるよ」

「お蝶さん、今回もお見事でした。麻雀《うで》も上げたが、犯人《ホシ》も挙げたね」

四番卓にいた高齢の紳士がにこやかに微笑みながら蝶子の肩を叩いていった。着席していた時には気がつかなかったが、老人は杖を突いている。

一番卓、二番卓にいた大学生らしき若者グループはどうやら新人警官の研修《OJT》のようだった。

「その若さでチームの長《リーダー》なんだな」

雪の結晶が入り交じる雨の滴に濡れた長い前髪を直しもせず、ZEUS《ゼウス》が蝶子に言う。

「あなたもね」

「一つ聞かせてくれ。本物の揚羽《アゲハ》は……」

「揚羽《アゲハ》なんて最初からいないわよ。三年前に練りに練って作った架空の殺し屋《アサシン》」

蝶子は歌うように言う。

「ウチが欲しい情報を提供してくれれば司法取引にも応じるし、今後の更生プログラムも用意してある。努力次第で十分やり直せる。あなた、まだ若いんだもの」

「こんな形で会いたくはなかったな」

「こんな形でしか会えなかったのよ」

蝶子は首の後ろのアゲハ蝶のタトゥーのシールを器用な手つきで剝がしていく。

「ついでにそのカツラも取れよ。全然似合ってないぜ」

さらに憎まれ口をたたく国際指名手配犯をちらっと見て、

「そうね、カツラもタトゥーも煙草のポイ捨ても、見つかったらママに叱られちゃう。これでも芦屋のお嬢なの」

やり手の女捜査官はとびきりのウインクをしてみせた。

Episode 0

雨《あま》乞《ご》い

どのくらい眠ったのだろう。

目覚めた時、いったいここがどこなのかを理解するのに少々時間を要したほど長く深い眠りだった。

眠りすぎたせいか少し頭が重い。

彼女は横になったまま、あたりをゆっくり見回した。天井にも壁にも見覚えがある。

ようやく自分がどこにいるのかを彼女は認識する。

彼女が心から落ち着き、自分自身を取り戻せる場所。そう、ここは彼女の部屋なのだった。

そのことにようやく安心し、彼女はどうしてこうなったのか、改めて今までのことを思い出してみる。

彼女が物心ついた頃から、父と母は彼女に国民的なアイドルであることを望み、またそれを強いてきた。

気がついた時にはあらかじめ敷かれたレールがそこにあったので、その上を走るしかなかったのだ。他の道があるなど考えもしなかった。

彼女には年の離れた弟が二人いる。彼らは双子だった。

双子なのに二人の性格は全く似ていなかった。正反対と言ってもいい。

双子の兄の方（彼女にとって上の弟）はもの静かな思考型の人間で、どんな時にも沈着冷静、その場に最も適した判断と行動が取れる、いわば優等生タイプであった。

一方、弟（三人姉兄弟の一番下）はというと、これは兄とは真逆の破天荒な自由人で、やることも言うこともおよそ規定の概念というものを飛び越えていた。

そのあまりにも奔放な振る舞いは成長につれて粗暴という名に姿を変え、周囲が眉を顰めるレベルにまでなっていた。

「お父様とお母様が、あの子を甘やかすからですよ」

長子としての責任感も手伝って、彼女は事あるごとに両親に進言したものだ。

自分と上の弟には厳格な両親が、こと下の弟のこととなると釘を打っていない建物のようにいとも簡単にその規律を崩してしまう。

「まあまあ、何もそんなに気色ばまなくても。あの子はまだ子供なのですから」

下の弟が子供なら上の弟も子供だろう、彼らは双子なのだから……と思うが、両親にとってはそうではないらしい。上の弟に対しては長女である彼女同様、完全に自立した一個の人格として認めているのだ。まったくもって「末っ子の可愛さ」というものは、親にとって他の子供たちとは比べるべくもないようだ。下の弟が何かやらかしても、目を細めてニコニコ笑うばかりである。

同じ双子でこうも親の扱いが違うのに、そしてこんなにも性格が異なるのに、不思議に双子はとても仲が良かった。

あまりにも対極であることが、二人に妙なライバル意識を植えつけず、自分にはない相手の要素を互いに面白がる方向へとベクトルが向いたようだった。

しかし……と彼女は最も大切なことを思い出す。

彼女が絶頂期に突然アイドルの座を放棄して自室に引きこもらざるを得なくなったのは、元はと言えばこの下の弟のせいなのだ。

両親の望みに従ってアイドル業に邁進し、その人気が不動のものとして世間を席巻するほどになっていた輝かしい彼女のキャリアに、こともあろうにこの下の弟が泥を塗ったのである。

「姉さん。姉さん、いますか？」

下の弟に対する怒りに再び煮えくり返る思いをよみがえらせていた時、ドンドンとドアを叩きながら彼女を呼ぶ者がいた。

上の弟だ。

「いるわ。います。ちょうど今起きたところ」

彼女は大袈裟にあくびをしてみせる。

「今起きたって、ずいぶんゆっくりお休みになられたようですね」

上の弟がいつもの穏やかな調子で言う。

「ええ、そうね。でもまだ頭がぼんやりする。よっぽどあたし、疲れてたんだ」

この上の弟には、姉でありながら甘えてもいいような器の大きさがあった。

実際、彼女が頼れる対象は彼しかいないのだ。

「外はまだ雨が降っているの？」

「もうずっと降っていますよ。ところで、そろそろ仕事の方を再開されてもいいのでは？

皆、姉さんの復帰を心待ちにしていますよ」

「でも、あの子のせいであたしはいい物笑いの種なのよ。いったいどの面《つら》下げて人前に出ろと言うの？」

「あいつには僕から十分言っておきましたから。姉さんをこれ以上困らせるな、と」

上の弟があくまでも落ち着いた口調で彼女を説得する。

「とにかくこのあたりで一度、元気な姿をファンに見せるべきではないですか？」

「でも」

彼女は少し勿体ぶる。

世間がどれくらい強く自分を欲しているのか、本当のところが知りたい。

「そら、やっぱり出てきたじゃないか」

と思われては癪《しゃく》に障《さわ》る。できる限り焦らし、これ以上はもう無理だと皆が思った極限状態で仕方なく出ていくという形が望ましい。安売りはしたくない。

「いったい、どうすれば出てきてくれるんですか？　姉さんはもうかれこれ、ひと月以上も引きこもっているんですよ」

「引きこもりだなんて、人聞きの悪いことを言わないでちょうだい。こちらには何の落ち度もないのに、あの子の姉だというだけでまるで共犯者のような目で見られるあたしの身にもなってよ。今のこのこ出ていったところでどうせ針のムシロでしょ」

上の弟にはついついこんな口調になる。唯一それが許される相手なのだ。

それに比べて、自分をこんな理不尽な目に遭わせる下の弟は本当に憎らしい。上の弟の爪のアカでも煎じて飲ませてやりたい。上の弟の半分でも下の弟が良識と思慮深さを持ち合わせていたらと思う。

が……。

なんだかんだ言って、彼女も下の弟が可愛いことは可愛いのだった。

確かに無鉄砲なところがあってハラハラさせられっぱなしだが、見目麗しく身体能力にも長けている。荒っぽい中に巧まずして周囲を惹きつける、何とも言えない魅力と愛嬌が下の弟にはあった。

「共犯なんて、それこそ人聞きが悪いですよ。たかだか姉さんのバックコーラスにちょっかいを出しただけじゃないですか」

「だけ……ですって？」

さすがに彼女は声を荒らげる。

「あの子があたしのバックコーラスの女の子たちに片っ端から手を出して、何人の子が辞めていったと思うの？」

「それはもちろん知っていますが」

上の弟がまあまあと言うように彼女をなだめにかかる。

「乱暴に言っちゃうと、バックに替わりはいても、姉さんに替わりはいないんですよ」

上の弟が彼女の自尊心をくすぐってくる。魂胆は見えていたが悪い気はしない。

「実はこれ、あんまり言いたくなかったんですが」

有能な彼はドア越しに姉にささやきかける。

「遊雨《ゆう》が姉さんのポジションを狙っているようなんですよ」

遊雨は妖艶なダンスパフォーマンスが持ち味の新人歌手で、目下のところ彼女の最大のライバルだ。

「遊雨が？　遊雨があたしに取って代わろうとしてるって言うの？」

上の弟は慎重に言葉を選びながら、さらに姉にこう告げる。

「実は今日もこれから、すぐそこで遊雨のステージがあるんです。姉さんが雲隠れしたと知って、姉さんがいない間に世間の関心を一気に自分に向けようという魂胆《はら》ですよ」

それは聞き捨てならないと彼女は思った。

「勝って兜《かぶと》の緒を締めよ」と言う。

好事魔《こうじま》多し、順風満帆な時こそしっかりと脇を締め、油断することなく振る舞わねばならぬ……と、これは父の教えである。人気商売というのは水物《みずもの》だ、いつ何時ハシゴを外されないとも限らない。一度堕ちれば、再起は難しいことを彼女も十分知っていた。

「遊雨がここに来ているの？」

「ええ、姉さんにもあの歓声が聞こえるでしょう？」

耳を澄ませると、確かにそれらしいざわめきが聞こえる。

雨音に交じってさっきまで静かだと思っていた表に、人がぞくぞくと集まり、次第に熱気を帯びて盛り上がってきている様子が目に見えるようだった。

「遊雨のどこがそんなにいいのよ。たかが踊りが人より多少うまいだけの小娘でしょうが」

相手が実の弟ということも忘れ、自分の不在中にあっさり別のアイドルに心変わりしようとしている浮気なファンたちに彼女は挑むような言い方をした。

「だったら、姉さんがご自分の目で確かめたらいいじゃないですか。遊雨と姉さん、どちらが本物のアイドルとして相応しいのか、世界に君臨するに値《あたい》するのはいったいどちらなのか」

上の弟が柔らかく、しかし鋭く挑発してくる。

「よし、わかった。でもちょっと待って。今着替えるから」

彼女は急にシャキッと背筋を伸ばした。

一カ月、自室に一人で引きこもっていたのだ。

再登場した時に「太った、老けた、劣化した」と言われたのでは、たまったものではない。

遊雨に対抗するためには前同様、いや前以上に圧倒的なビジュアルで現れなければならない。

彼女は念入りに髪を梳き、化粧を施し、自分の美しさが最も映える白いロングドレスを選んだ。

「姉さん、まだですか?」

上の弟が焦れたように彼女を急かす。

「今行くわ、行くけど」

美しく装った彼女はドアの隙間から、頭脳明晰な弟にこう言った。

「行くけど、その前に遊雨を見たいのよ。遊雨があたしを見る前に、あたしが先に彼女を見たいの」

「わかりました。じゃあ、ドアを少し開けて下さい。隙間から僕が小さな手鏡を渡しますから、それに遊雨を映して見て下さい。角度を調節すればうまく見られますよ」

彼女は遊雨がどんな服を纏っているのか、どんな髪型をしているのか知りたくてたまらないのだった。もし、遊雨も白いドレスを着ているのなら、赤いドレスに替えるつもりだった。服が被るのだけは絶対に嫌だったのだ。

彼女は恐る恐るドアの鍵を開け、自分の右手が通る分だけそっと外に押し開いた。

「さあ、あたしの手に鏡を載せて」

彼女がそう言うや否や、策士の弟は彼女の手を思い切り引っ張って、引きこもりの姉を表へ連れ出すことにまんまと成功した。

その瞬間、わぁ〜〜〜っというすさまじい歓声が彼女を包んだ。

声というより爆音のようだった。

久しぶりに外界へ出た彼女が目にしたものは、ひと月もの間人民を困らせたどす黒い雨雲を振り払い、見る見るうちに晴れ上がる澄み渡った青い空、雨に濡れて瑞々しさをいや増した木々や葉の緑、黄金色《こがねいろ》に輝きながら微風《そよかぜ》に揺れるたわわな農作物、鳥たちのさえずりや花々の甘い誘惑だった。

ああ、なんとこの世界の美しいことだろう。

そしてその美しい世界で自分を待つ何千、何万もの民衆の姿……。


「ありがたや、ありがたや。やっと、お姿を現して下さった！」

ある者は滂沱《ぼうだ》の涙を流し、ある者は高らかに歌いだし、ある者は見知らぬ隣の者と手を取り合って踊りだす始末。

そして誰も彼も皆、笑顔だった。泣いていた者さえも。

そう、遊雨など初めからここにはいないのだった。全ては賢い上の弟が仕組んだ芝居、それを彼女自身もとうに知っていた。いわばこれは気心の知れた二人の茶番なのだった。

一カ月もの間引きこもり、出ていくチャンスを自ら失ってしまった彼女に、賢い上の弟が「出る口実」を与えてくれたに過ぎないのだった。

人々がひたすら待ち焦がれ、祈り、願い、欲していたのはこの自分なのだということを本当はわかっていた。

今や彼女の顔にも満面の笑みが漂っている。

この世の誰よりも美しく、気高く、神々しいまでに光り輝くそのカリスマ性、押しも押されもせぬ絶対女王の風格と威厳が彼女のまわりをオーラとなって虹色に取り巻いていた。

「天照大神《あまてらすおおみかみ》様に敬礼を！」

誰かが声高く叫ぶと、皆一斉に手を合わせ、深々と頭《こうべ》を垂れた。

「天照大神様、万歳！！！」

「天照大神様、万歳！！！」

天照大神《かのじょ》は今や大きく両腕を広げ、慈愛に満ちたまなざしで、民を、愛すべきわが子たちを限りなく優しく見つめている。

声は大きなうねりとなって、一カ月ぶりに太陽の恵みが戻った地上の遥か彼方まで響き渡った。

「姉さん、よくぞ戻ってくれました」

月読尊《つくよみ》は感無量といった面持ちで、片膝をつき右手を胸の前にかざして、類いまれなる姉の前に恭《うやうや》しくひれ伏している。

「須佐之男命《すさのお》には謹慎を言いつけていますから。あいつも凝りて反省していますし、時期を見て恩赦をいただければと」

「はいはい。わかっていますよ」

天照大神《かのじょ》はとっくに須佐之男命を許していた。

彼のやんちゃを引きこもりの言い訳にしただけなのだ。

これ以上ないくらい疲労困憊してしまい、ちょっとだけ休むつもりで自室にこもったら、もう出たくないという精神状態に陥ってしまった。しかもたまりにたまった睡眠不足のせいで吸い込まれるように深い眠りに落ちてしまい、思った以上に長い間引きこもることになってしまったのだ。

しかし、このいささか長すぎた休暇を終え、彼女はようやく気がついた。

民が自分を求めるのと同じだけ、自分も民を求めていたのだと。そして定められた運命に従っていただけの過去の自分に別れを告げ、自らの意思と決意と熱意でこの道を進んでいこうと。

もしまたどうしようもなく疲れてしまったら、再び雨乞いの儀式をして、ほんの少しだけ姿を消せばいいのだから。

My Episode（あとがき）

「デッサンをすることをお薦めします。デッサンを繰り返すことによって、絵のスキルだけでなく、物事《ものごと》の粗密《そみつ》やその本質まで見抜く力が養われますから」

短編小説集を書くにあたり、私が真っ先に思い浮かべたのは、東京芸術大学学長を勤められた日本画家・平山郁夫先生のご著書にあったこの言葉でした。

長編小説が絵画の大作なら、短い中に起承転結があり、印象的な落ちで終わる短編小説はデッサンのようなものではないかと。

二〇一九年の梅雨時に執筆をスタートしたこの作品集のテーマが「雨」になったのもごく自然なことでした。

「雨が降ってきたから洗濯物を取り込まなきゃ」

「週末は大雨か、土曜のゴルフは中止かな」

「今年は雨が少なくて農作物の生育がイマイチなんですよ」

などなど、私たちの暮らしや人生は少なからず雨に影響を受けています。そして四季に恵まれた日本には雨に関する美しい語句が何とたくさんあることでしょう。

　雨水、雨だれ、雨音、雨足などの雨そのものを表す言葉から、小雨、俄雨《にわかあめ》、春雨、氷《ひ》雨《さめ》など雨の降り方を表すもの、「晴耕雨読《せいこううどく》」「霖雨蒼生《りんうそうせい》」などの四字熟語まで、先人たちの美意識の高さ、智恵の奥深さに改めて感じ入るとともに、それらの言葉をかみしめているうちに、日常に潜むちょっとした非日常的ストーリーが次第に輪郭を露わにしてきました。

　構想は、大好きな作家さんたちの過去作品がヒントになったり、今まで観てきた膨大な量の映画へのオマージュだったり、題名から思いついたもの、さらには出版担当の方との雑談から着想を得たものまでさまざまです。

　時には雨がテーマの洋楽を流しながらイメージを膨らませたりもしました。

　恋物語であれミステリーであれ、またハッピーエンドであれバッドエンドであれ、雨がそれらをうまくソフトフォーカスして何とも言えないロマンチックな雰囲気に脚色してくれたのではないかと思います。誰もが体験する雨という自然現象が媒体になって皆さんを無理なくその物語世界へと誘ってくれるでしょう。この連作短編集の裏主役は「雨」なのです。

　またそれぞれの物語は、一見バラバラのように見えて、実はいろいろな必然や偶然が絡まり合い、少しずつ繋がった立体構造になってもいます。

　すぐに気がつくリンクから極小サイズの仕掛けまで、その謎解きを楽しむためにもぜひ

episode 1から順番に読んでいただくことをお勧めします。
慌ただしい日々にふと訪れた憩いのひととき、テイストの異なる十三種類の紅茶をゆっくり味わうような気持ちで手に取って下さったら嬉しいです。

私の小説が本になるずっと前に読み、丁寧な感想を寄せてくれた高校時代の女子会仲間のミサ、みかん、オチャラ、雀荘の文学少女さくらさん、長編を含み唯一私の作品すべてを読んでくれているAさん、いつも私を応援してくれる元同僚のミヨコ姉さん、キョーコちゃん、面白そうな新刊が出ると真っ先に貸してくれるカズコさん、私の創作の源、ギイ、ゲンちゃん、AOちゃん、ミハチ、ヒデさん、マーママ、そして私の作品を無事に刊行まで導いて下さいました株式会社文芸社の出版企画部・藤田渓太さんと、編集部・西村早紀子さん、お二人の熱意と真摯さ、温かさに、そしてこの本の完成に携わって下さいました株式会社文芸社の皆様方全員に、この場を借りて心よりの感謝と御礼を申し上げます。

令和三年二月　間埜 心響